魔王殺しの聖剣
精霊使いの剣舞
ブレイドダンス
5
志瑞祐
Illustration
桜はんぺん

Claire Rouge
クレア・ルージュ

「……っ、お、おい……！」
狭いベッドの上に、
ちょっとえっちな獣の格好をした
美少女が三人。
ぎゅうぎゅうと押し合って、
露出した肩が腕に触れる。
Rinslet Laurenfrost
リンスレット・ローレンフロスト
エリス・ファーレンガルト

すすすっ――と、さらにきわどい位置まで
捲られるスカート。
すでにギリギリの領域まで
達しているはずだが――
なぜか、下着はまだ見えない。

「おまえ……
み、見えちまうぞ！」
「大丈夫です。
竜に仕えるドラクニアの姫巫女は、
下着を身に着けませんから」
Leonora Lancaster
レオノーラ・ランカスター

「あなたの名前は？」

「私の真名は人間の言語では発声できませんが、
精霊語では〈テルミヌス・エスト〉と」

「テルミヌス・エスト……ちょっと長いから、エストね」

「エストではありません。テルミヌス・エストです」

「だめよ、それだと呼びにくいじゃない。

あなたの名前はエストよ」

少女はにこっと微笑み、エストの頭をすりすり撫でる。

「やめてください、マスター」

Est
エスト

# 精霊使いの剣舞(ブレイドダンス)5

Contents

# 精霊使いの剣舞(ブレイドダンス) 5

## 魔王殺しの聖剣

志瑞祐

MF文庫J

口絵・本文イラスト●桜はんぺん
編集●庄司智

# プロローグ

精霊使いの剣舞

夢を見ていた。

ひどく鮮明な――それでいて、夢であることが明白な夢。

閃(ひらめ)く剣閃(けんせん)。響き渡る剣響(けんきょう)。

大勢の兵士の血に染まった回廊を駆けながら――

光り輝く剣を振るうのは、美しい黄金(こがね)色の髪の少女だ。

剣舞を舞うような流麗な剣捌(けんさば)きで、襲い来る有象無象の精霊を斬(き)り伏せていく。

その少女の姿には、見覚えがあった。

彼女の肖像は、彫刻や絵画などの美術品に、いまなお数多く描かれているからだ。

アレイシア・イドリース。

かつて魔王を滅ぼしたとされる救世の聖女(セイクリッド・クイーン)。

（……どうして、彼女の夢を？）

動かせる身体の存在しない、けれど意識だけは明晰(めいせき)な夢の中で、疑問を抱く。

これは、いったい何時(いつ)の夢なのか。

あるいは――誰の夢なのか。

明晰な意識の中で――やがて、歴史に残るその刻がやってくる。
最後の精霊を倒した少女は回廊を抜け、いよいよ城の最奥へと到達した。
まばゆい光輝を放つ〈聖剣〉を両手に構え、はるか頭上にある玉座を見据える。
そこに、一人の男が悠然と座していた。
玉座の周囲は揺らめく闇の焔に覆われ、その姿を識別することはできない。
だが、それがいかなる存在であるのか、直観的に理解していた。
(魔王スライマン――)
かつて、大陸全土に破滅と災厄をもたらした、史上最悪の暴君。
強大な七十二柱の精霊を支配する、唯一の男の精霊使い。
禍々しい闇の焔は、聖剣の少女を威圧するように轟々と猛り狂う。
だが、少女は怯まない。
その手に握る聖剣が、彼女の心を強く支えていたからだ。
「邪悪なる魔王よ、精霊王の御名と我が聖剣によって、永久に滅びるがいい!」
吹き付ける風に黄金色の髪をなびかせ、彼女は駆け出した。
聖剣の刃に彫られた精霊語の銘が、白銀の輝きを放つ――
その銘を見た瞬間、俺は叫んでいた。
「――エスト!」

# 第一章　折れた聖剣

「……っ⁉」

目覚めると、そこはやわらかいベッドの上だった。

……上体を起こしたまま自分の身体を見下ろす。

身に着けているのは、学院の制服ではなく、ゆったりとした寝間着。意識を失っているあいだに誰かが着替えさせてくれたようだ。

直前に見ていた夢のせいか、全身に大量の汗をかいていた。

「俺は……」

いったい何があったのか――

意識を失う前のことを思い出そうと、ズキズキと痛む頭を押さえると。

「カミト、目を覚ましたのね！」

部屋の片隅から声が上がった。

カミトが振り向くと、壁ぎわの椅子に、制服姿の美少女が座っていた。

頭の両端でくくった紅いツーテールの髪。

透き通った紅玉(ルビー)の瞳(ひとみ)が、心配そうにこちらを見つめている。

「……クレア、ひょっとして、ずっといてくれたのか？」

「え？　ううん、ついさっきよ……」

クレアはあわてて首を横に振る。

だが、目の下にうっすらとできた隈(くま)を見れば、ろくに寝ていないのは明らかだ。

「……悪い、心配かけたみたいだな」

「べ、べつに、心配なんてしてないわ」

そんなクレアの態度に苦笑しながら、カミトは部屋の中を見回した。

〈精霊剣舞祭(ブレイドダンス)〉の代表にあてがわれる城館の一室だ。大きな窓や立派な調度品があるところを見ると、物置同然のカミトの部屋ではなく、どこか別の部屋らしい。

もう明け方近いのか、カーテンの隙間(すきま)からはかすかな陽(ひ)の光が射(さ)し込(こ)んでいた。

「ほら、おとなしく寝てなさいよ。あんたまだ熱がおさまってないんだから」

「ん？　俺(おれ)、熱あるのか？」

「ええ、いまは少しひいたみたいだけど、さっきはすごいうなされてたわよ」

クレアは身を屈(かが)めると、カミトの額(ひたい)にすっと手をかざした。

冷たい肌の感触が心地いい。……なるほど。たしかに微熱があるようだ。

「ところで、クレア――」

「なによ」

「俺、どうして意識を失ってたんだ？」

「……覚えてないの？」

クレアは驚いたように目を見開く。

「まさか、記憶喪失になったんじゃ……」

「いや、そう深刻なものじゃない。ただ、頭がズキズキして、意識を失う前後のことだけが思い出せないんだ」

カミトは静かに首を振った。

「舞踏会(ぶとうかい)のことは？」

「それは覚えてる。おまえ、どっかの国の皇太子を平手打ちして出てったんだよな」

「う、うん……」

「あのとき、俺はレン・アッシュベルにダンスを申し込まれて――」

鈍痛に疼(うず)くこめかみを押さえながら、時系列順に記憶をたどろうとする。

だが、その瞬間に近づくにつれ、靄(もや)がかかったように記憶は曖昧(あいまい)になっていった。

なにか、大事なことがあったはずなのだ。

（そうだ、とても大事なことがあったはず――）

「俺は、レン・アッシュベルに〈闇の烙印(やみのらくいん)〉を刻まれて、それで――」

胸を焦がすような焦燥。

脳裏の片隅で明滅する、白銀に輝く剣のイメージ。

「それで、俺は――」

「カミトは〈教導院〉の刺客から、あたしたちを助けてくれたのよ」

懊悩するカミトを見かねて、クレアが言った。

「〈教導院〉の刺客？」

カミトはハッと顔を上げ、

（そうだ。あのとき、俺はミュアの軍用精霊と戦って――）

クレアの言葉が呼び水となって、ようやく昨夜の記憶がよみがえってきた。

昨夜。精霊剣舞祭の開会式の最中、カミトの義妹を名乗る〈教導院〉の刺客、ミュア・アレンスタールが軍用精霊でクレアたちを襲撃した。

レン・アッシュベルに〈闇の烙印〉を刻まれ、満身創痍のまま戦場に向かったカミトは、かろうじてミュアの駆る軍用精霊を倒すが――その際、カミトの身体は暴走した烙印の呪いに蝕まれ、命の危機を感じるほどのすさまじい激痛に襲われたのだ。

そして――

「……っ！」

すべてを思い出した瞬間、カミトは稲妻に撃たれたように硬直した。

脳裏に浮かび上がったのは――神秘的な紫紺（ヴィオレット）の瞳（ひとみ）の少女。
月明かりを反射する、美しい白銀の髪。
優しく背中に回された小さな手。
冷たく熱い、唇の感触。
無数の光の粒子となって虚空に消えた、その光景が――
カミトが最後に見た、彼女の姿だ。
「……エス……ト……？」
震える声で、自然とその名前をつぶやいていた。
いつもそばにいてくれた、とても大切な契約精霊の名前を。
軽い記憶の混乱は、きっとその事実を認めたくなかったからだ。
「カミト……」
心配そうにつぶやくクレアの声も、ほとんど聞こえていなかった。
「嘘（うそ）だろ……エストが、そんな――」
否定の言葉がむなしく響く。
記憶によみがえるのは、意識を失う前の最後の光景だ。
あのとき、カミトの耳もとで彼女は囁（ささや）いたのだ。

さようなら、カミト——と。


剣精霊エスト。雪の妖精のような姿をした、白銀の髪の少女。

彼女と契約したきっかけは、偶然の事故だった。

かつての契約精霊との契約を維持したままの不完全な契約。

本来の十分の一程度の力しか発揮できないその契約は、強大な精霊である彼女にとって、
ひどく苦痛なものであったはずだ。


だが、エストはそれでいいと。

私は、貴方と契約してよかった——と、そう言ってくれた。

(なのに、俺は——)

三年前。かつての契約精霊を失った、あの日。

あの日から、もう二度と大切なものを失わないと誓ったはずなのに。

「俺はまた——!」

エストは消えてしまった。

烙印の呪いに蝕まれたカミトを救うために、自らの存在を犠牲にして。

「くそっ——」

「カミト!」

自暴自棄に振り上げた手を、クレアが素早く掴んだ。

落ち着かせるようにカミトの目を見つめ、

「エストは、まだ消滅したわけじゃないわ」

「え？」

「だって、あんたの手には、まだ精霊刻印が残ってるじゃない」

カミトはハッと目を見開いた。

「そう……だ……たしかに」

クレアに掴まれた右手には、いまなお交差した剣の紋様が刻まれている。

精霊との契約の証――精霊刻印だ。

契約精霊が消滅すれば、当然、精霊刻印も消えるはずだった。

カミトが三年間、レスティアがこの世界に存在していることを信じて希望を失わなかったのは、左手の精霊刻印が消えていなかったからだ。

精霊刻印は、精霊使いと契約精霊を結ぶ専用の〈門〉。

いまはまだ、かすかな疼きさえ感じることはできないが――右手の精霊刻印が消えていないということは、エストは完全に消滅したわけではないということだ。

「エストは、まだ生きてるんだな」

「ええ。いまは呼び出せなくても、必ず方法はあるはずよ」

だとすれば、こうしてはいられない。

「……っ……ぁあああああ！」

全身の骨が悲鳴を上げるような激痛をこらえ、ベッドから起き上がる。

「ちょ、ちょっと、なにしてるの!?　まだ起きたら――」

「エストが待ってるんだ――寝てられるかよ！」

クレアの手を振り払った、そのときだ。

きゅるるる～。

そんな可愛らしい音が部屋に響きわたった。

「……クレア？」

全身の力がふっと抜ける。

「……～っ！　ち、ちち、違うのっ、い、いまのは違うんだからっ！」

「おまえ……ひょっとして、昨日からなにも食べてないのか？」

「だ、だって、あんた、ずっと熱でうなされてたから……」

クレアは顔を赤らめ、ごにょごにょとつぶやいた。

「ちゃんと食べないとだめだぞ。明日から本戦も始まるんだからな」

「……わ、わかってるわよ。っていうか、あんただってずっと食べてないじゃない」

「俺はまあ、そういうのは慣れてるからな……」

カミトは幼少の頃の大部分を、〈教導院〉という狂った施設で過ごしてきた。

そこでの教育には絶食の訓練も含まれていた。いまさら試そうとも思わないが、やろうと思えばいまでも、食事をとらずに数日間は活動することができるはずだ。

（そういえば……）

ふと、カミトはあることに思いあたった。

（俺が〈教導院〉の出身だってこと、みんなに知られちまったんだよな……）

大切な仲間だからこそ、知られたくなかった過去。

知られてしまえば、これまでと同じ関係ではいられなくなると思っていた。

そう思い込んでいた。

だが、彼女たちはそんなカミトを――

「あんたね……慣れてるとか、そういう問題じゃないわ。ちゃんと食べないと体力も回復しないわよ。ほら、あ、あんたのために果物もってきてあげたんだからね」

言うと、クレアはベッドわきのテーブルに置かれたかごを指差した。

よく熟れた美味しそうな桃がごろごろと盛られている。

「――クレア、ありがとな」

「べつにお礼なんていいわよ。舞踏会の会場からもらってきたやつだし」

「そのことじゃない」

カミトはクレアの顔をまっすぐに見つめた。

「おまえ、俺が〈教導院〉の遺児だって聞いても、そんなの関係ないって言ってくれただろ。……なんつーか、その、嬉しかった」

「な、なによ、そんなこと……」

クレアは顔を赤らめ、ふいっと目を逸らした。

「あ、あたりまえじゃない。あんたの過去がどうだろうと、あんたがあたしの奴隷精霊であることに変わりはないんだからっ！」

「ああ、そうだったな」

苦笑しながらうなずき、カミトはかごの中から桃をひとつ手にとった。

「ほら、ナイフ貸せよ。剝いてやるから」

「あたしが剝くわ。あんた怪我人なんだから、ちゃんと寝てなさいよね」

「桃の皮はやわらかいから難しいぞ。果物の皮剝くの苦手だろ？」

「そ、それは……」

あさってのほうへ目を逸らすクレア。もっとも、学院のお嬢様のほとんどは料理が苦手らしいので、クレアだけが特別皮剝きが下手というわけでもないのだが。

カミトは肩をすくめると、テーブル脇のナイフで桃をくるくると剝きはじめた。

器用なその手つきに、クレアが感心したような声を上げる。

「それも、その〈教導院〉で覚えたの？」

「いや、料理やなんかは旅をしてたときに覚えた。俺の相棒が味にうるさくてな」

「……相棒って、ひょっとして、あの闇精霊の娘？」

「ん……」

桃の皮を剥きながら、カミトはしまったという顔をした。

「ふーん、そう、なんだ……」

クレアはなにか訊きたそうな表情をしていたが、

「ほら、剥けたぞ」

それをさえぎるように、カミトはフォークに刺した桃をクレアの前に突き出した。

ぱくっ。ほとんど反射的に飛びつくお嬢様。

桃はクレアの大好物なのだ。

「んん～っ、甘くておいしい……！」

紅いツーテールがぴょんと上機嫌に跳ねる。

幸せそうに頬を押さえるクレアは、思わず見惚れてしまうくらい可愛い。

「ん、じゃあもうひとつ……」

カミトが桃の刺さったフォークをひょいと持ち上げると、クレアの視線は猫じゃらしを追いかける猫みたいにふらふらとさまよった。

「ほら、こっちだ」

ひょいっ。

「あっ！」

ひょいひょいっ。

「も、もうっ！」

口をぱくぱくさせて桃を追いかけるクレア。

（な、なんか可愛いな……）

ひょいひょいっ。……ひょいっ。

面白いのでしばらく続けていると——

「……～っ、な、なんで意地悪するのよ！」

クレアが涙目で怒鳴った。

「……すまん、なんか猫みたいで可愛かったから」

「……っ!? か、可愛いって……ば、ばば、ばっかじゃないのっ！」

カアッと顔を赤らめ、まくしたてるクレアの口に、

「ほら」

桃を放りこむ。

ぱくっ。

「ふぁ、おいしい……」

「本当に猫みたいだな」

そうからかうと、クレアはカミトをキッと睨みつけ、

「ねえ、こういうのって、ふつう逆じゃない？」

「……ん、逆？」

「どうして怪我人のあんたが、あたしに食べさせてるのよ」

「まあ、細かいことは気にするな」

カミトは肩をすくめると、自分も桃を口に運んだ。

ほどよい酸味のある果汁が口の中いっぱいにあふれる。

「ん、たしかにうまいな。よく熟れてる」

「そ、それ、同じフォーク……」

「……どうした？」

「な、なんでもないわっ！」

クレアはあわてて目を逸らした。

「ところで――」

カミトはフォークを置くと、訊ねる。

「な、なに？」

「〈精霊剣舞祭(ブレイドダンス)〉の演目はどうなったんだ？　精霊姫の託宣(たくせん)はもう出たんだろ？」

カミトが意識を失っているあいだ、〈神儀院(しんぎいん)〉の大祭殿では五人の精霊姫が、五大精霊王(エレメンタル・ロード)の託宣を賜(たまわ)る儀式をおこなっていた。託宣によって決定される演目――試合形式(レギュレーション)は、すでに公布されているはずだ。

途端、クレアの表情が真剣なものに変わった。

「ええ、奉納する剣舞の演目は――〈嵐の如き乱舞(テンペスト)〉よ」

「〈嵐の如き乱舞(テンペスト)〉か……」

最も近い時代では、百数十年前の精霊剣舞祭で採用された試合形式だ。

剣舞を奉納する精霊使いたちは、広大な聖域のフィールドに集められ、チーム同士で数日間にわたって戦い合うことになる。個人の戦闘技能だけでなく、戦術レベルを越えた長期的な戦略とチームの総合的な力が問われる試合方式だ。

「……厳しい戦いになりそうだな」

「正直、そうね。トーナメント方式の対抗戦なら一番よかったんだけど……」

クレアは厳しい表情で頷(うなず)いた。

剣舞の演目が〈嵐の如き乱舞(テンペスト)〉になることを、予想していなかったわけではない。

『五人の精霊使いによるチーム戦』という条件をもとに、これまでの精霊剣舞祭の歴史を調べていけば、採用される可能性のある演目は十数種類に絞られるからだ。

実際、アレイシア精霊学院では、この演目が採用されることを想定しての長期合宿訓練などもおこなわれていた。

だが、できればこの演目であって欲しくない——そう願っていたのも事実だ。

個人の技量以上にチームとしての総合力が問われるこの試合方式は、いまだチームワークに不安が残るクレアたちにとって、有利なものとは言い難い。

最近になって、ようやくまとまってきた〈チーム・スカーレット〉だが、なにしろ五人のメンバーが集まったのはわずか数週間前。それぞれ精霊使いとしての実力は高いのだが、チーム全体としての力は、まだまだほかの代表チームにはおよばない。

（それに……）

カミトは右手に刻まれた精霊刻印に目を落とした。

これまでは、カミトが圧倒的な実力で仲間をフォローすることもできた。

だが、いまのカミトには契約精霊がいない状態なのだ。

かつて最強の剣舞姫と呼ばれたカミトであっても、契約精霊がいなくては、さすがに精霊使いとしての力を発揮することはできない。

それから、わずかに疼（うず）く胸の傷痕（きずあと）にそっと手をあてる。

（——この烙印（らくいん）の呪（のろ）いも、完全に消えたわけじゃない）

いまなおカミトの肉体を蝕（むしば）む、レン・アッシュベルに刻まれた〈闇（やみ）の烙印〉。

エストがみずからを犠牲にしてその暴走を抑えこんでくれたものの、烙印そのものが破壊されたわけではないのだ。

「エスト……」

彼女の名前をつぶやき、神威を流しこんでみるが、精霊刻印にはなんの反応もない。

かわりに焼けつくような鋭い痛みが全身を襲った。

「……ぁ、ぐっ……」

「無理はしないほうがいいわ。いまあんたにできるのは、きちんと休んで体力と神威を回復することよ」

「……ああ、わかってる」

唇を噛んでうなずくと、カミトはふたたびベッドに横になった。

◇

(……カミト、ずいぶん落ちこんでいたわね)

カミトの部屋を出た途端、クレアは小さくため息をついた。

無理もない。なにしろ精霊使いが目の前で契約精霊を失ったのだ。

その辛さは、一度スカーレットを失ったことのあるクレアにはよくわかる。あのとき、

クレアはなかば自暴自棄になって、闇精霊の誘惑に耳を貸してしまった。

無論、クレアもエストの消滅にはショックをうけていた。

エストはカミトの契約精霊というだけではない。

学院での二ヶ月間、ずっと一緒に戦ってきた、大切なチームの仲間なのだ。

「……どうにかして、エストを呼び戻す方法を考えないと」

現実的な問題として、エストがいなくては〈チーム・スカーレット〉は本戦を勝ち抜くことはできない。カミトの実力は圧倒的だが、契約精霊を持たない精霊使いが、強豪ひしめく精霊剣舞祭の舞台で満足に戦うことなどできるはずがない。

エストを取り戻す方法はきっとある――さっきはそう言ったものの、なにか具体的な手立てがあるわけではないし、仮にその方法があったとしても、もはや時間がない。

精霊剣舞祭の本戦は明日だ。猶予はたったの一日。このままカミトがエストを取り戻せなかった場合、本戦を実質残りの四人で戦い抜くことになる。

並のチーム相手に負けるつもりはないが、強豪チーム――たとえば、レオノーラ・ランカスター率いるドラクニア竜公国代表などと戦うことになれば、勝算はかなり薄い。

まして、この大会で優勝するためには、あの最強の剣舞姫を倒さなければならないのだ。

あるいは、カミトがほかの精霊を探して、契約するという方法もなくはないが――

（たぶん無理でしょうね……）

廊下を歩きながら、クレアは首を横に振る。そう都合よく新たな契約精霊が見つかるとは思えないし、カミトはエスト以外の精霊など拒否するに決まっている。

（そういえば――）

ふと、クレアの脳裏にあの闇精霊の少女の姿が思い浮かんだ。

風に揺れる艶やかな黒髪。黄昏色の瞳をした可憐な少女。

（結局、あの娘のことは訊けなかったわね……）

思い出して、胸が疼くように痛む。

昨日の夕方。城館の中庭で、カミトはあの闇精霊の少女と唇を重ねていた。

訊ねるタイミングがなかったわけじゃない。ただ、エストを失って落ち込んでいるカミトを問い詰めるようなことはしたくなかった。

（あの娘、カミトとどういう関係なのかしら……）

かつての契約精霊。いまなおカミトの心を掴んで離さない、闇の少女。

正体のわからない胸の痛みはさらに強くなる。

「ま、まあ、べつに、あいつが誰とイチャイチャしようと関係ないけど？」

クレアは一人で納得すると、部屋の前で足を止める。

ドアを開けると――

「……っ!?」

部屋の中にいた三人が、いっせいにソファから立ち上がった。

「カミトが目を覚ましたのか⁉」

訊ねるエリスに、クレアはこくっと頷く。

「ええ。でも熱はまだあるみたい。いまはまた休んでいるわ」

「……そうか。だが、とにかく無事でよかった」

「こ、このわたくしを心配させるなんて、あいかわらず困った人ですわね！」

リンスレットがそわそわと人差し指を絡ませる。

「……エストのおかげね。あの烙印の呪いは、私の術式では解けなかったもの」

ほっと安堵したような二人とは対照的に、フィアナは厳しい表情を浮かべていた。

元〈神儀院〉第二位の姫巫女であるフィアナの力は、解呪を専門とする現役の姫巫女と比べても決して劣らない。

けれど、あのレン・アッシュベルがカミトの身に刻んだ〈闇の烙印〉は、フィアナの力をもってしても解くことのできない強力な呪いだった。

もしあのとき、エストが自身の存在を犠牲にしていなければ――

カミトの肉体は完全に呪いに蝕まれ、あるいは命を落としていたかもしれない。

「いろいろ資料を調べてみたけど、どんな呪いなのか見当もつかないわ」

フィアナの周囲には分厚い本の束が山積みにされていた。

彼女が学院から持ち出してきた、呪術（じゅじゅつ）や呪装刻印（じゅそうこくいん）、精霊に関する文献だ。

「しかし、いまだに信じられないな……」

エリスが唇を噛（か）みしめて言った。

「あのレン・アッシュベル様が、そんなことをするなんて――」

「……そうね」と、頷くクレア。

最強の剣舞姫（レン・アッシュベル）。

彼女は、精霊使いを目指す姫巫女たちが、最も憧（あこが）れる人物だ。

三年前の精霊剣舞祭（ブレイドダンス）で、彼女の剣舞は数えきれないほど多くの少女たちを魅了した。

クレアやエリスも、気高く強い彼女に憧れ、彼女のような精霊使いになることを目標にして、学院での厳しい訓練を乗り越えてきたのだ。

だから、カミトにあの〈闇の烙印〉を刻んだのが彼女だと、ミュア・アレンスタールから聞いたとき、すぐには信じることができなかった。

けれど、考えてみれば――

（彼女についてのくわしいことは、誰（だれ）もなにも知らないのよね……）

三年前、精霊剣舞祭に優勝した彼女は精霊王になにを願ったのか。

最大級の名誉を手にしたにも関（かか）わらず、なぜ突然、人々の前から姿を消したのか。

そしていま、何故（なぜ）ふたたびこの舞台に戻ってきたのか。

様々な憶測が噂されたが、それらは依然として謎のままだ。

同様に、現役最強の精霊使いであるはずの彼女が何故、カミトに呪いをかけたのか。

その理由がわからない。

(実力のあるカミトを、本戦の前に潰しておきたかったということ?)

だが、それならば、呪いなどという回りくどい方法をとる必要はないはずだ。

ただ圧倒的な力をもって排除すればいい。あのミュア・アレンスタールのように。

「あの仮面の精霊使いが、本物のレン・アッシュベルだという証拠はありませんわ」

「なにか、名乗り出ることのできない理由があるのかもしれないわ」

「……しかし、だとすれば、本物が名乗り出るはずではないか?」

フィアナがポツリとつぶやく。

「理由って?」

「あ……な、なんでもないわ!」

眉をひそめるクレアに、フィアナはあわてて首を振った。

「もし、偽者がレン・アッシュベル様を騙っているのだとしたら、許しがたいな」

エリスが腰の剣に手をかけて言った。

「いっそ、こちらから出向いて問い詰めるか――」

「無理よ。第一、彼女がどこにいるのかわからないし」

物騒なエリスの提案に、クレアは首を横に振る。

レン・アッシュベルの所属するアルファス教国代表〈煉獄の使徒(チーム・インフェルノ)〉は、この城館とは別の場所に拠点を構えているらしく、その所在は不明だ。

それに、昨夜の戦闘後に姿を消したミュア・アレンスタールは、クレアたちを殺すことをまだあきらめていないはずだ。無闇(むやみ)に接近するのは危険すぎる。

「彼女の目的も気になるけれど――当面の問題は、エストのことよ」

クレアはフィアナのほうを向き、訊(たず)ねた。

「単刀直入に訊(き)くわ。エストは、また戻ってくることができるの？」

「そうね……」

フィアナは少し考えこむように顎(あご)に手をやって、

「カミト君の手に精霊刻印が残っているってことは、エストは完全に消滅したわけじゃない。普通は力が回復すれば戻ってくるはずよ。でも――」

「でも？」

「これは私の仮説だけど――エストは、あの呪いに囚(とら)われているのかもしれないわ」

「どういうこと？」

「エストはあの呪いを抑え込むために力を使った。けれど、呪いそのものを破壊できたわけではないの。いまエストは呪いに縛られて、身動きのとれない状態にあるのかもしれな

いわ」

「エストを救うには、まずあの呪(のろ)いをどうにかしなくてはならないというわけか」

エリスが神妙な顔で頷(うなず)く。

「〈闇(やみ)の烙印(らくいん)〉については、私も〈神儀院(しんぎいん)〉のつてをあたってみるわ。……あとはカミト君自身の問題よ。あれで心が折れるような彼じゃないとは思うけど」

「でも、あいつ、ずいぶん落ちこんでたみたい……」

クレアの前では弱みを見せないように振るまっていたようだが、さすがに、エストを失ったショックを隠しきれてはいなかった。

あの様子だと、立ち直るのには相当な時間がかかりそうだ。

「その、わたくしたちにも、なにかできることはありませんの？」

リンスレットが言うと、

「一応、なくはないけれど……」

「ほ、本当か？」「なんですの？」「も、もったいぶらないで教えなさいよね」

クレアたちはずいっとフィアナに詰め寄った。

フィアナはふっとため息をつくと、

「……ライバルに塩を送るのは癪(しゃく)だけど、しょうがないわね」

そんなよくわからないことをつぶやいて——

いま、彼女たちがカミトのためにできることを教えた。

「……～っ！」

途端、三人の顔がカアッと赤くなる。

「ちょ、ちょっと！　そ、そんなこと、できるわけないじゃない！」

「そ、そうだ！　そのような破廉恥なこと……騎士として許されるはずがない」

「わたくしは、誇り高きローレンフロスト家の長女ですのよ！」

口々に抗議の声を上げるクレアたち。

「ふーん、じゃあ、あなたたちは、カミト君を元気づけたくないの？」

フィアナがビシッと指を突きつけると、

「そ、それは……」

「決してそういうわけでは――」

「……あ、ありませんけど」

顔を赤らめたまま、ごにょごにょと口ごもる三人。

フィアナはふふっと悪戯っぽく微笑んで、

「じゃあ、決まりね。荷物の中に儀式の道具をいろいろ持ってきてるから、好きに使っていいわよ♪」

旅行鞄の中から、様々な衣装や道具を取りだしはじめた。

# 第二章 トリプル・デート



チュンチュン……。朝のおとずれを告げる小鳥の鳴き声。

やわらかな光がベッド脇(わき)の窓から差しこみ、カミトの意識を覚醒(かくせい)させる。

今朝方、クレアと会話してからまた寝直して、それほど時間は経(た)っていないようだ。

さっきまでは熱もあったのだが、いまはもうずいぶんひいていた。

「う、ん……」

まぶたを擦(こす)って、もぞもぞ起き上がろうとする——

と。

「ひゃんっ！」

「……」

動かした肘(ひじ)に、なにかふよふよとやわらかい感触があった。

（それに、なんだか可愛(かわい)らしい声も聞こえたような……）

パチパチとまばたきして、声のしたほうを向くと。

カミトの隣で、ふわふわの白い毛玉が添い寝していた。

「……な、なんだ？」

不可解な光景に驚くカミト。

だが、すぐに脳裏にあることが閃いた。

カミトのベッドに忍びこみ、こんなことをするのは――

「エスト!?」

がばっとシーツを跳ね上げる。

「きゃんっ、な、なにをしますの!?」

「……え？」

……カミトは唖然として固まった。

そこにいたのは、裸ニーソの剣精霊ではなかった。

ふわふわの白い毛皮。大きく垂れた長い耳。

燦然と輝くプラチナブロンドの髪をした――

可愛いウサギさん……だった。

「……って、リンスレット！　なにしてるんだ!?」

「ち、違いますわ！　わ、わたくしはウサギさんですわ！」

顔を赤らめたリンスレットのウサ耳が、ぴょこんと立った。

………………。

「なあ、リンスレット――」

「ウサギさん」

「じゃあウサギさん」

カミトは律儀に言いなおした。

「その格好は、いったいなんだ？」

「そ、それは……」

もじもじと膝を擦り合わせながら、口ごもるリンスレットお嬢様。

いつもツンツンしている彼女のそんな様子が、妙に可愛らしい。

（……っていうか、この格好は目に毒すぎるだろ！）

よく見れば——

ウサギの衣装に身を包んだリンスレットは、とてもきわどい格好をしていた。

ふわふわの毛皮で作られた、露出度の高い下着のようなボンテージ。

両手と両脚にはもこもこのファー。お尻には毛玉のようなしっぽまでついている。

きわめつけは、首に付けられた革製の首輪だ。

高貴な貴族のお嬢様に首輪というのは……なんだか、とてもイケナイ感じがする。

「わ、わたくし、魔法でウサギさんの姿に変えられてしまったのですわ……ぴょん♪」

まるで台本を読むみたいに、棒読みの台詞を口にするお嬢様。

「……ぴょん？」

「ウサギの鳴き声ですわ」

「ウサギはそんなふうには鳴かないと思うが……」

目の前にある大きな胸の谷間から目をそらしながら、カミトは頭をかく。

と、そのときだ。

突然、部屋のドアが開き――

「――カ、カミト、朝食を作ってきたぞ！」

あらわれたのは騎士団長のエリスだ。

「なっ⁉」

カミトは再び絶句した。

エリスもまた、リンスレットとおなじようなきわどい衣装を身に着けていたのだ。

ただし、こちらはウサ耳ではなくイヌ耳で、毛皮の色も白ではなく茶色。

頭のてっぺんについた耳がパタパタと動いている。

「エ、エリス、おまえまで……」

「い、言うなっ……！」

頰を赤らめたエリスは恥じ入るように唇を噛む。

「くっ、あ、義姉上がこのような格好を見たら、なんというか……」

羞恥のためか、鳶色の瞳には涙さえ浮かべていた。

(……な、なんなんだ？)

……あの潔癖で生真面目な騎士団長が、どうしてこんな、はしたない格好を？

「わ、私の格好のことは気にするな」

「いや、気にするなって言われてもな」

戸惑うカミトをよそに——

エリスはこほんと咳払いすると、外の廊下から小さな銀の台車を押してきた。

「ん？」

部屋の中を焼けたトーストの匂いがふわっと漂う。

「……その、朝食だ。君のために作ってきた」

台車の上には、湯気をたてる作りたての朝食がのっていた。

ほどよく焦げ目のついたトーストに、カボチャのポタージュ。

ふわふわのたまご焼き。ツナと野菜のサラダ。

デザートにはイチゴのジャムをのせたヨーグルト。

見た目は簡素だが、一品一品がとても丁寧に作られているのがよくわかる。

「……すごいな。これ、全部エリスが作ったのか？」

「あ、ああ、料理の腕がなまってはいけないと思って、城の厨房で作ってみたのだ。べつに君のために作ったわけではないからな」

エリスはふいっと照れたように目を逸らすと、カミトのそばに屈みこむ。

「ちょっと、騎士団長！」

リンスレットが抗議の声を上げるが、エリスは無視して、

「わ、私が食べさせてやる……あ、あーんをしろ」

「い、いや、大丈夫だ！　自分で食べられるから——」

「だめだ。君は怪我人なのだからな」

「怪我のほうはもう治って——」

はむっ。

口を開けた瞬間、たまご焼きのフォークを突っこまれた。

「……」

「ど、どうだ？」

「……う、うまい！」

ほどよい甘さに、口の中でふわっととろけるような食感。シンプルな料理こそ作り手の腕が問われるというが、エリスのたまご焼きは満点以上の出来だった。

「そ、そうか！　……よかった」

イヌ耳をぴょこぴょこさせ、はにかむような微笑を浮かべるエリス。

凛々しい騎士団長のそんな表情に、思わずドキッとしてしまう。

「むー……騎士団長、ずるいですわ」

リンスレットがむっと頰を膨らませた。

「……リンスレット？」

「わ、わたくしは、カミトさんにマッサージをしてさしあげますわ」

言うと、リンスレットは優しい手つきでカミトの肩をもみはじめる。

「……っ⁉」

「どうですの？」

「すごいな……なんか疲れがどんどん飛んでいく感じだ」

お世辞でもなんでもない。リンスレットのマッサージはプロ級の腕前だった。

全身の力がすーっと心地よく抜けていく。

「わたくし、いつもキャロルにマッサージをしてあげているんですのよ。あの娘が褒めてくれるものですから、つい上達してしまって」

「なるほど……」

……主人に肩を揉ませるメイドってのも、ある意味すごいな。

「ふふっ、感謝するんですのよ。ローレンフロスト家の次期当主が、殿方にこんなことをするなんて、本来ならば絶対にありえないことですわ」

「あ、ああ……」

ふいに、背中ごしにふたつのやわらかい感触があたって――

「でも、わたくし、今日だけは……」

リンスレットはカミトの耳もとで囁いた。

「カミトさんのペット……なのですわ」

「なっ!?　お、おまえ、なに言って――!」

あわてて振り向こうとすると、

「わ、私も、今日だけは風王騎士団の騎士団長ではないっ!」

こんどはエリスがイヌ耳をぴょんと立たせて叫んだ。

「カ、カミトの犬……なのだ」

「エリス!?」

いったい、この二人になにがあったのか。

「カミト……」

「カミトさん……」

熱っぽい瞳でカミトを見つめながら、パタパタと獣のしっぽを振る二人。

……なんだか頭がクラクラしてきた。また熱がでてきたのかもしれない。

（いや、違う……）

実際に部屋の温度が急上昇しているのだ。

ゴゴゴゴゴゴゴ……！

「……～っ、あ、あんた、なにしてるの？」

「クレア⁉」

振り向くと――

開け放たれたドアのところに立っているのは、炎の鞭（フレイムタン）を手にしたクレアだ。

わなわなと震える肩。炎のごとく逆立つ紅（あか）いツーテール。

だが、カミトの目を釘付（くぎづ）けにしたのは、その格好だった。

頭のてっぺんに、ぴょこぴょこ動く赤いネコ耳がついていたのだ。

小柄でスレンダーな身体を覆（おお）うのは、赤い毛皮のボンテージ。

大胆に露出した白いふとももが目にまぶしい。

「お、おまえまでなんだよ、その格好……！」

カミトが唖然（あぜん）としてつぶやくと、

「ふああっ、ば、ばかっ、どこ見てるのよ！」

クレアは顔を赤らめ、膝（ひざ）をもじもじ擦（こす）り合わせる。

う～っと猫が唸（うな）るような声を上げ、涙目でカミトをキッと睨（にら）んできた。

「な、なによ……どうせ、残念な胸だなって思ってるんでしょ！」

「……」

たしかに、その衣装はクレアの胸の小ささをあらわにしてしまっていた。

エリスやリンスレットは胸の谷間が強調されていたが、クレアの場合、どうしてもぺったんこな印象を受けてしまうのはいたしかたないところだ。

といっても、それで魅力が減じるわけでもない。むしろ、そんなことを気にしている姿が、いじらしくて可愛いとさえ思う。

「いや、なんつーか……すごい可愛いぞ」

正直な感想を口に出すと、

「ふああっ、な、なにを言うのよっ！」

クレアはますます赤くなって、ピシピシッと炎の鞭を打ち鳴らした。

「むっ……」「カミトさん！」

カミトの両脇で、イヌ耳エリスとウサ耳リンスレットが頬を膨らませる。

「も、もうっ……あんたってば、ほんとにばかなんだから……」

クレアはごにょごにょとつぶやくと、こっちへ歩いてきて――

ぽすんっ。カミトのいるベッドの上に飛び乗った。

「……っ、お、おい……！」

狭いベッドの上に、ちょっとえっちな獣の格好をした美少女が三人。

ぎゅうぎゅうと押し合って、露出した肩が腕に触れる。

「えっと、あんた……なにか、して欲しいことってある？」

クレアはきゅっと唇を噛(か)みしめ、上目遣いに見つめてきた。

「し、して欲しいことって？」

「た、たとえば……その、ひざまくら……とか、耳かき……とか」

「……ひざまくら？」

その単語は、すべての男子の夢だ。

ふとクレアのやわらかそうなふとももに目をやって——あわてて目を逸(そ)らした。

「今日だけよ。いつもはあんたがあたしの奴隷だけど、今日だけ、あたしがあんたの……ど、奴隷になってあげるわ！」

「……ど、奴隷？」

訊(き)き返すカミトに、こくっと頷(うなず)くクレア。

「そ、そうよっ、今日は、あんたのして欲しいことなんでも聞いてあげるんだから！　か、覚悟しなさいよねっ！」

「まて、なんの覚悟だ」

「カ、カミト……私もだぞ！」

「わたくしもですわ！」

エリスとリンスレットも、ぎゅっと身体を寄せてくる。

「で、でも……え、えっちな命令はだめよ」

「するか！　おまえは俺をなんだと思ってるんだ！」

「え？　しないの？　そ、そう……」

クレアはなぜかちょっと残念そうにつぶやいた。

カミトはやれやれとため息をつくと、

「――で、三人とも、なんでそんな格好してるんだ？」

ストレートに問い詰める。

「えっと、それは……」

そわそわと目配せし合う三人のお嬢様。

やがて、クレアが観念したように口を開く。

「あ、あんた、エストがいなくなって落ち込んでたみたいだから――」

「……え？」

「こ、こういう格好すれば、元気になると思ったのよ……！」

クレアは顔を赤らめながら、ごにょごにょと説明した。

精霊使いは、精神が不安定になると、精霊を呼び出すことができなくなってしまうといわれている。ひどい場合には、そのまま姫巫女としての力を失ってしまうことさえあるらしい。

たとえば、フィアナは四年前のある事件がきっかけでずっと力を失っていたし、魔精霊にスカーレットをやられたときのクレアも、深い悲しみのせいで、一時的にスカーレットを呼び出すことができなくなっていた。

もしカミトが、エストを失ったことによって負の感情に支配されてしまえば、カミトとエストを繋ぐ〈門〉は本当の意味で閉ざされてしまう。実際、精神的な傷が原因で、精霊使いとしての資格を失ってしまう姫巫女は多いのだ。

（ようするに、俺を元気づけようとしてくれた――ってことか）

どうやら、お嬢様たちにずいぶん気を遣わせてしまったようだ。

でも、彼女たちのそんな気遣いは素直にありがたい。

「……でも、なんで獣の仮装なんだ？」

カミトが訊くと、

「フィアナが教えてくれたのよ。あ、あんたって、こういうのが好きなんでしょ？」

「あのお姫様め……」

カミトは喉の奥でうめいた。

……なるほど、この獣っぽいエロ衣装はフィアナの持ち物か。

「えっと……こういう格好、好きじゃなかった？」

「い、いや、その……嫌いじゃない」

いろいろ反論はあったが、カミトはしかたなしに認めた。

可愛いと思ったのは事実なのだ。

それに、プライドの高い貴族のお嬢様たちが、自分を元気づけるために恥ずかしい格好をしてくれた――方法はともかく、その気持ちには、素直に感謝したかった。

「……みんな、ありがとな」

「べ、べつに、カミトのためじゃないわ。エストに早く帰ってきてほしいからよ」

クレアはネコ耳をぴょこんと揺らしてそっぽを向く。

エリスとリンスレットも、恥ずかしそうにしっぽをパタパタ振った。

「――そ、それじゃ、いまから外に出かけるわよ」

こほんと咳払いして、カミトの寝間着をくいくいっとひっぱるクレア。

「外に？」

「今日は本戦前の最後の休日よ。外で思いっきり羽を伸ばして遊ぶの。くよくよして部屋にこもってたってしょうがないでしょ」

「……そうだな」

いまのカミトにできるのは、エストを信じて待つことだけだ。

契約者であるカミトが落ち込んでいては、〈門〉も開かなくなってしまう。

外に出て気分転換するというのは、いいアイデアかもしれない。

「それに、この浮遊島（ラグナ・イース）には〈神儀院（しんぎいん）〉の管轄する古代図書館（ビブリオン）があるのですわ」

リンスレットが言った。

「古代図書館（ビブリオン）？」

「聖域の古代図書館（ビブリオン）には、学院の封印図書館にもないような、遺物級の資料が数多く眠っているらしいんですの。エストさんが古代の聖剣に封じられた封印精霊なのだとしたら、なにか手がかりになる文献があるかもしれませんわ」

「……なるほど。調べてみる価値はありそうだな」

〈魔王殺しの聖剣（デモン・スレイヤー）〉に関する伝承は大陸各地にあって、その真贋（しんがん）は様々だが、エストほどの強大な精霊ともなれば、なにか古代の記録が残っていてもおかしくない。

「決まりね。それじゃ、早く準備していくわよ！」

「うむ、部屋の中にいては気分も晴れないからな」

「港のそばには、お店もいっぱいありますのよ」

カミトの腕をぐいぐいとひっぱる三人。

「まてまて、いま制服に着替えるから……って、まさかその格好で出かけるのか？」

「ふああっ、そ、そんなわけないじゃないっ！」

お嬢様たちは顔を真（ま）っ赤（か）にして、あわてて手を離した。

◇

と、そんなわけで――

制服に着替えたカミトたちは、馬車で港までやってきた。

聖域の古代図書館(ビブリオン)は、ここからやや離れた場所にあるらしい。港の周辺には簡素な木造の建物が並び立ち、さながら商店街のお祭りのようなにぎわいだった。

大陸各国が資金を出し合い、精霊剣舞祭(ブレイドダンス)の観覧者をもてなすための飲食施設や遊興施設を提供しているのだ。

人間が住むことのできない元素精霊界に、数日間だけあらわれる幻の街。

精霊剣舞祭ならではの光景だ。

「んー、いい天気ね」

「まあ、雲の上だからな」

歩きながら猫みたいに伸びをするクレアに、カミトは相槌(あいづち)を打つ。

気持ちのいい風が吹きつけ、クレアのツーテールの髪をなびかせる。

遙(はる)か上空に浮かぶ浮遊島(ラグナ・イース)には、本来、ものすごい突風が吹いているはずなのだが、この聖域は風の精霊王の加護に守られているため、吹き飛ばされる心配はないようだ。

白い雲のあいだを飛び交う小型の飛行艇が、つぎつぎと港に着艦していく。

精霊剣舞祭(ブレイドダンス)の本戦を前に、大陸各国の貴族が集まっているのだ。

「じつに壮観な眺めだな」

「浮遊島(ラグナ・イース)でしか見られない光景ですわね」

エリスとリンスレットが物珍しそうにつぶやく。

「……フィアナも来られればよかったんだけどな」

抜けるような青空を見上げながら、カミトは言った。

フィアナはいま、カミトの〈闇の烙印(やみのらくいん)〉を破壊する方法を探るために、〈神儀院(しんぎいん)〉時代の知り合いを訪ねて回っているらしい。

「フィアナには、なにかお土産(みやげ)買っていってあげましょ」

「ああ、そうだな」

石畳で舗装された大通りに面して、様々な商店が軒を連ねている。

あくまで仮設店舗のため、建物自体はそれほど立派なものではないが、働いている職人や料理人は、すべて各国の揃(そろ)えた超一流の人材だ。精霊剣舞祭は国の威信を見せる絶好の機会であるため、惜しみなく大量の資金が投入されているのだ。

商店街の中心部に近づくと、飛行艇から降りてきた観覧客の集団とすれ違った。

「それにしても、すごい人混(ひとご)みだな」

「殿方が多くて……わたくし、なんだか目眩(めまい)がしてきましたわ」

不安そうに周囲を見回すエリスとリンスレット。

箱入りのお嬢様たちは、人の多い場所が苦手なようだ。

とくにここは学院都市と違って男の比率が高い。一流の精霊使いである彼女たちも、ここではただの初心な女の子に戻ってしまうようで、男と肩が触れそうになるたび、小さく悲鳴を上げてカミトのほうにくっついてくる。

クレアも、さっきからカミトにくっついたり離れたりを繰り返していた。

くっついたらくっついたで、カアッと顔を赤らめて離れてしまい、また知らない通行人にぶつかって戻ってくる――その繰り返しだった。

（……なにやってんだ、こいつは？）

またくっついてきたところで、カミトはクレアの手をさっと掴んだ。

「ふああっ、な、なにするのよっ！」

顔を真っ赤にして暴れる火猫お嬢様。

「おまえ、ふらふらして危ないだろ」

「あ、う……しょ、しょうがないわね、い、いまだけよ」

手をつないだまま、照れたように目を逸らすクレア。

「ず、ずるいですわっ……」

リンスレットが不満そうに頬を膨らませ、空いたもう片方の手を握ってくる。

「リンスレット?」

「き、君がはぐれてはいけないからな。私に掴まっているがいい」

こんどは両手のふさがったカミトの腕に、エリスが腕を絡めてきた。

「エ、エリス……!」

「騎士団長! 邪魔ですわよ!」

「き、君こそ、カミトから手を離せ!」

「ちょっと、これじゃ歩けないじゃない!」

カミトにくっついたまま喧嘩するお嬢様たち。

その様子を見た周囲の人々が、なにやらヒソヒソと囁きかわしていた。

「見て、貴族の女の子を三人もはべらせているわ」「あれが噂の男の精霊使いか……」「あんな清楚そうな女の子たちを毒牙にかけるなんて」「でも、あの娘たちの表情……そんなに嫌そうじゃないわ」「きっと怪しげな術をかけられているに違いない」

(こ、これは、ちょっとまずいな……)

自分が冷ややかな視線を向けられることには慣れている。

だが、仲間のお嬢様たちの名誉を傷つけるわけにはいかない。

「なあ、ここは人が多いし、どこか涼しい場所で休まないか?」

「そ、そうね……」

同じことを考えていたのか、クレアたちもこくこくとうなずいた。

喫茶店のような場所はないかと周囲を見回すと――

「カミトさん、あそこに『ラ・パルフェ』の店舗がありますわ」

リンスレットが、道路の向こうにあるお洒落なカフェを指差した。

「あの有名な『ラ・パルフェ』!?　あそこのケーキ、一度食べてみたかったのよ」

「たしか、帝都で大人気のカフェだったな……わ、私も興味がなくはないぞ」

どうやら、有名店の出張店舗らしく、クレアとエリスも知っているようだ。

「……じゃあ、あそこにするか」

「うんっ！」「ですわ！」「うむ……！」

三人はそれぞれ頷いて、カミトをぐいぐい引っぱっていった。

◇

『ラ・パルフェ』はほぼ満席だったので、中に入ったところで少しだけ待たされた。

入り口近くの椅子で待っているあいだ、カミトは店の内装を眺めていた。自然木の曲線を使った天井の梁。木のぬくもりを感じるたたずまいはカミトの好みだ。

「意外と落ち着いた雰囲気だな。帝都で一番人気の店っていうくらいだから、もっと華美

な内装だと思ってた」

「〈精霊剣舞祭〉開催中だけの仮設の店舗だもの、そんなに内装にはこだわれないわよ。本当は貴族のお嬢様がお忍びで通うほどの名店なんだから」

「なるほどな……って、そういえば俺、そんなに手持ちないぞ」

カミトは途端に青ざめた。

貴族の令嬢がお忍びで通う名店――いったいどれほどの高級店なのだろうか。

「もともとカミトの手持ちなんかじゃ絶対に払えないわよ」

「精霊剣舞祭の代表選手には、無料でふるまってくれますのよ」

「そ、そうなのか……」

リンスレットの言葉に、カミトはほっと安堵の息をつく。

しばらく待ってから、四人は奥のテーブル席に通された。

「あたしは桃のタルトに桃のシャーベット、あとは桃のムースね」

メニューを開いたクレアがつぎつぎとデザートを指差していく。

「おまえ、桃ばっかりだな。朝も食べただろ」

「い、いいじゃない……好きなんだもの」

「こっちの木苺のシュークリームもおいしそうですわ」

「そ、そうね……それもおいしそうね」

「ふむ、熱々のアップルパイにアイスクリームをのせて食べるのか……」

「じゃあそれも頼んで、みんなでわけましょ。カミトはなにがいいの？」

「ん、まあ……俺はこのスコーンとかでいいかな」

そう適当に答えると、

「なによ、やる気ないわね」

「そんな頼まれかたをしたら、お菓子がかわいそうですわ」

「男ならビシッと選んだらどうだ。……ケ、ケーキのことだぞ、もちろん」

なぜかお嬢様たちに怒られてしまった。

「す、すまん……」

三人とも、訓練のときは喧嘩ばかりなのに、こういうときだけ妙に息が合うのだ。

リンスレットが給仕の女の子を呼び、舌を噛みそうな名前のケーキやお菓子をつぎつぎと注文していった。

「――それと紅茶を四人ぶんお願いしますわ。茶葉はローレンフロスト産のものを」

「かしこまりました」

「あ、ま、待ってくれ！」

頷いて去っていく給仕の子を、エリスが呼び止めた。

「はい？」

「私の紅茶には、クリームと蜂蜜をたっぷり入れてくれ。それとマシュマロを浮かべてくれると嬉しい」

「あの、申し訳ありませんが、当店ではそのような飲み物はお出ししていません」

「そ、そうなのか？　そこをなんとか……ぁぐっ！」

エリスは途中で言葉を詰まらせた。

リンスレットが背後からエリスの襟首を掴んだのだ。

「な、なにをするのだっ！」

「ああもうっ、恥ずかしいですわ！　これだから武門の家柄はっ！」

紅茶にこだわりのあるリンスレットは、エリスの暴挙が許せないようだ。

「ローレンフロスト家だって、ただ領地が広いだけの田舎貴族だろう！」

「な、なんですって！」

リンスレットの周囲に小さな吹雪が吹き荒れる。

「と、とにかくっ、私は甘くしないと飲めないんだ！」

「だったら、ココアでも頼めばいいいじゃないですの」

「ココアなんて子供っぽいじゃないか」

「ココアが子供っぽいっていうほうが、よっぽど子供っぽいですわ！」

「ほら、喧嘩しないの。ケーキが来たわよ」

クレアがつんつんとリンスレットの肩をつつく。

「ふん、まあいいですわ。騎士団長には、今度あらためて本当の紅茶のおいしさを教えてさしあげますわ」

「甘いほうが絶対おいしいのに……」

エリスはちょっと拗ねるように唇をとがらせる。

やがて、テーブルにお菓子がいっぱい運ばれてきた。

銀のお盆にのったケーキや焼き菓子は、ひとつひとつが繊細な美術品のようだ。

これには、名門貴族のお嬢様たちもぽーっと表情を緩めた。

「なんか、食べるのがちょっともったいないレベルだな」

「帝国を代表する最高の菓子職人が作っているらしいわよ」

言いながら、桃のタルトをぱくっと頬ばるクレア。

「ふぁっ……すごくおいしい！」

「この木苺のシュークリームも、とても上品な味ですわ」

「ふむ、スポンジにリキュールが入っているのだな……今度作るときの参考にしよう」

そんなお嬢様たちの声を聞きながら、カミトもケーキを口に運ぶ。

「ん、うまいな」

繊細な味はよくわからないが、たしかに上品な甘さだ。

けれどそれ以上に――

幸せそうな女の子たちの顔を見ているのが、妙に楽しい。

「どうしたの、カミト?」

「あ、ああ……」

怪訝(けげん)そうに見つめてくるクレアから、カミトは誤魔化(ごまか)すように目を逸(そ)らした。

「この店、精霊剣舞祭(ブレイドダンス)が終わったら壊されちまうなんて、もったいないよな」

「そうね。でも帝都には本店があるし、きっとまた来られるわ」

「ああ。こんど来るときはフィアナと……エストも連れてきてやりたいな」

精霊刻印の刻まれた右手を見下ろしながら、つぶやく。

「カミト……」

「カミトさん……」

エリスとリンスレットがハッと顔を上げた。

「――エストは戻ってくるわ。絶対に」

クレアは静かな、だが確信のこもった口調で言った。

「だから、あんたはただ信じて待ってあげなさい。それができるのは、あの子の契約者のあんただけなんだから」

「……ああ、そうだな」

カミトは頷き——そして思う。
(……これが、仲間がいることの強さなんだろうな)
三年前の最強の剣舞姫は、たしかに強かった。
精霊使いとしての実力は、いまとは比べものにならない。
だが、それはひとたび強い衝撃を受ければ折れてしまう、孤高の強さだ。
あの頃のカミトは、誰にも頼ることができなかった。
レスティアを失い、ただ絶望することしか。
(けれど、いまの俺には支えてくれる仲間がいる)
だから折れない。
絶望に堕ちることはない。
(……エストは、何度も俺を助けてくれた)
カミトはテーブルの上で拳を強く握った。
(——だから、こんどは絶対に、俺がおまえを助けるからな)

◇

浮遊島において最も重要な聖域——風の精霊王の大祭殿は、精霊剣舞祭の代表選手が滞

在している城館から遠く離れた丘陵の上にあった。

最高の石材と建築技術によって建造された、白亜の大祭殿。建物の大きさは丘陵全体に及び、浮遊島の外からでもその威容が確認できるほどだ。

風の精霊姫が精霊王の声を聞くための聖地であり、大陸各国から選ばれた〈神儀院〉の姫巫女が日々の修行に励む場所。いかに大国の王侯貴族といえど、立ち入りを許されるようなところではない。

しかし、いまその門の前で、穏やかならぬ声を上げる少女がいた。

「お願いよ！　レイハ様に謁見を――」

チームの中で一人、カミトたちと別行動をとっているフィアナだ。

いつになく真剣な表情で、門前に立つ祭殿長に頼みごとをしている。

「あなたもしつこいですね」

年かさの祭殿長は険のある目つきでフィアナを見下ろした。

その表情には、明確な拒絶の意志が浮かんでいる。

「お引き取り下さい。〈神儀院〉は俗世に堕ちた者には決して門を開きません。ましてレイハ様との謁見など、許されるはずがないでしょうに」

祭殿長は、もう何度目かになる同じ言葉を繰り返した。

（……ああもう、あいかわらず頭の固い連中ね！）

フィアナは胸中でいらいらと毒づく。

とはいえ、この反応は最初から承知していたことだ。これから接触しようとしているのは、そうおいそれと会えるような相手ではない。

(彼女の力なら、カミト君の呪いもきっと解くことができるのに……)

フィアナを見下ろす祭殿長の顔には、露骨な侮蔑の表情があった。

門を開いてくれそうな様子は微塵もない。

(……理由はだいたい想像がつくけれど)

フィアナはきゅっと強く唇を噛みしめる。

火の精霊王に反逆した災禍の精霊姫――ルビア・エルステイン。

その後任になると期待されていたフィアナだったが、彼女はルビアに植えつけられた恐怖心ゆえに精霊契約の力を失い、精霊姫となる資格を失ってしまった。

喪失の精霊姫――フィアナ・レイ・オルデシアは、彼女に期待を寄せていた民衆、そして〈神儀院〉という組織の顔に泥を塗った形になるのだ。

(……これだから嫌なのよ、表面だけ取り繕った陰湿な連中)

フィアナの両親であるオルデシア皇帝夫妻や、ほかの貴族連中と同じだ。

精霊姫候補だった頃はさんざんちやほやしていたくせに、精霊契約の力を失った途端、手のひらを返したように彼女を蔑んだ。

もちろん全員がそうだとは言わないが、長い歴史の中で老朽化した〈神儀院〉という組織に、そういった面があるのは事実だった。

いつまでも立ち去らないフィアナに、祭殿長はあきれたように首を振ると、

「これ以上、話すことはありません」

踵を返して大祭殿の奥へ歩いていく。

「待って――」

フィアナはあわてて追いすがろうとするが――

「きゃあっ!?」

瞬間、鋭い突風がフィアナの身体を吹き飛ばした。

クレアたちと違い、フィアナは専門の戦闘訓練を受けた精霊使いではない。まともに受け身をとることもできず、地面に叩きつけられる。

「……っ!?」

門の前にあらわれたのは――翼の生えた獅子の姿をした魔風精霊だった。

精霊使いではなく、この大祭殿の建物自体と契約している〈守護精霊〉だ。

「正攻法じゃ無理みたいね……」

門番の精霊を睨みながら、フィアナは切れた唇を噛みしめた。

◇

漆黒の闇の中に、ひと振りの剣が落ちていった。
美しく輝くその剣は、汚泥のような闇に呑まれ、しだいにその輝きを失っていく。
(──私は、どうしてしまったのでしょうか)
それでもなお、剣には意識のようなものがあった。
消失したときの影響か、記憶がいくつか破損しているようだが──
あの最後の瞬間のことだけは、はっきりと覚えていた。
抱きしめた背中のあたたかさ。
ほんの一瞬、触れた唇の感触。
そして──名前を叫んでくれたときの声。
(……ミト……カミト!)
光を失った剣は、底のない闇の中に沈んでゆく──

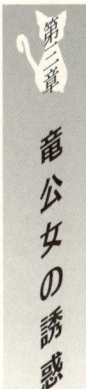

喫茶店を出たカミトたちは、しばらく港の近くを見てまわった。

可愛(かわい)いお嬢様三人をはべらせているカミトに、相変わらず周囲の視線は痛いものの、商店街の中心部からは離れたので、さっきよりはだいぶマシになっていた。

「あのお店に寄ってもいいかしら？」

リンスレットが指差したのは、貴族の衣服を扱っている専門店だった。

「あたしはいいわよ」「私もかまわない」

頷(うなず)くクレアとエリス。

「リンスレット、いま服を買うのか？」

カミトは疑問に思って訊(き)いた。明日は精霊剣舞(ブレイドダンス)の本戦が始まるのだ。学院の制服以外の衣装に着替える機会はないはずだ。

「わたくしではありませんわ。キャロルと妹にお土産(みやげ)ですの」

「妹？」

「ええ、わたくしの活躍を観にやってくるのですわ」

ふぁさっと上機嫌に髪をかきあげるリンスレット。

ちょうど、キャロルが港までその妹を迎えに行っているらしい。

「リンスレットの妹か……お姉さんに似て、きっとすごい美人なんだろうな」

「カ、カミトさん、な、なにをおっしゃいますの……」

何気ないカミトのつぶやきに、リンスレットは顔を赤くする。

「あ、あたしの姉様だってすごく綺麗よ！」

「私の義姉上も美人だぞ！」

「な、なんだよ急に……」

クレアとエリスがよくわからない対抗意識を燃やしていた。

「それじゃ、俺は外で待ってるから、買い物が済んだら呼んでくれ」

立ち去ろうとするカミトの袖を、クレアがくいっとひっぱった。

「あんたも来なさいよ」

「……なんでだ？　この店は女の子の服しかないだろ」

「べ、別にいいじゃない……ほら、団体行動」

「お、おい……！」

カミトは袖を引かれるまま店に連れ込まれた。

中は意外と広く、お洒落な衣服のほかに下着類まで扱っているようだ。

「それでは、わたくしは妹のための服を探してきますわね」

リンスレットは上機嫌な様子で店の奥に向かって歩いていく。

「カミト、ちょっとここで待ってなさい。……いま着替えてくるから」

「着替え？」

「……だ、だからっ、あんたに選んで欲しいのよ」

クレアはカアッと頬を赤らめた。

（……ああ、なるほどな）

ようやく気づいて、カミトは苦笑した。

お嬢様育ちのクレアは、自分で服を選んだことがないのかもしれない。

（……だからって、俺にアドバイスを求めるのもどうかと思うけどな）

「俺でよければ見てやるが……責任は持てないぞ」

「いいわよ。あくまで参考意見として聞くだけだもの」

自慢のツーテールの髪をかきあげ、クレアはふっと微笑した。

「華麗に変身したあたしを見せてあげるんだから」

「楽しみにしてるよ。……まあ、もとがいいから、なに着ても似合うと思うけどな」

「……ば、ばかっ、なにを言うのよ！」

カミトがからかうと、クレアは顔を真っ赤にしてその場を立ち去った。

◇

——クレアがカミトのそばを離れていった、その瞬間。

(……チャンスだ！)

店の片隅でそわそわしていたエリスは、心の中で叫んだ。

いまなら邪魔をする者は誰もいない。

無論、騎士であるエリスの信条は正々堂々だ。

普段であれば、二人がいなくなったときを狙うなどということはしない。

だが、決してゆずれない勝負というものもあるのだ。

(いまがそのときだ！)

エリスは可憐な唇を強く噛みしめた。

思えば、この浮遊島に来てからというもの、彼女はずっと遅れをとってきた。

湖で禊ぎをしたときも競泳用の地味な水着だったし、せっかく用意した舞踏会のドレスも、クレアの華やかさの前に霞んでしまった。さっきだって、クレアとリンスレットが先にカミトと手を繋いでしまい、自分は腕を掴むことしかできなかった。

(こ、ここでリードしておかなくては……)

エリスはカミトの横顔をちらっと覗き見る。

いつも見ている顔なのに、なぜか胸がドキッとした。
最初は、男の精霊使いという理由だけで、彼を嫌っていた。
学院の風紀を乱す敵だと思っていた。
けれど、いまは違う。
(カミト、私は――)
騎士として厳格に育てられてきた少女の胸に、初めて芽生えた想い。
その未知の感情が、いったいどういうものなのか、まだわからない。
それでも――
(私は、君のことをもっと知りたい……)
エリスは、義姉のヴェルサリアからもらったリボンにそっと触れた。
そうすると、なんだか勇気をもらえるような気がするのだ。
高鳴る胸の鼓動を抑え、エリスは一歩を踏みだした。

◇

くいっ。くいくいっ。

「うん?」

袖を引かれる感触に、カミトが振り向くと――

顔を赤らめたエリスが、制服のはしっこをちょこんとつまんでいた。

「エリス、どうしたんだ？」

「その、こ、こっちへ来てくれっ！」

「……？」

エリスは袖をぐいぐいとひっぱると、そのまま、カーテンで仕切られた小さな個室にカミトを連れ込んだ。

そこは、大きな鏡のある試着室だった。

「な、なにするんだよ!?」

「し、静かにしろっ、カニクリームコロッケにされたいのか！」

「わ、わかった……！」

スラッと剣を抜き放つエリスに、カミトは両手を上げてこくこくと頷いた。

「……でも、どうして試着室に？」

「うむ、じつは……き、君に服の見立てをしてもらいたいのだ」

「見立て？」

「ああ。せっかくなので私もなにか購入してみようと思うのだが……その、恥ずかしながら、私は女子のお洒落というものがよくわからなくてな」

……なるほど。それでアドバイスしてほしいというわけか。

(それにしても、クレアもエリスも、なんで俺なんかに見立てを頼むんだ?)

「女の子の服なら、店の人間に聞いたほうがいいと思うぞ」

「……～っ、わ、私は、君の好みが聞きたいのだ!」

「そ、そうか……」

むっと睨んでくるエリスに、カミトはたじたじとあとずさった。

「……それで、エリスはどういう服が着たいんだ?」

「う、うむ、これとこれで迷っているのだが――」

こほんと咳払いして――

エリスは二種類の布をカミトの目の前に突きだした。

「なるほど、黒と白か……」

それは、細かいレース編みのほどこされた布だった。

素材はシルクだろうか。表面は高級感のあるツルツルした質感で、縁には可愛らしいフ
リルのようなものが――

「……って、下着じゃねーか!」

カミトは思わずつっこんだ。

そう、エリスが手にしているのは、高級下着のセットだったのだ。

「さあ、き、君はどちらが好みなのだ！」

恥ずかしいという自覚はあるらしく、エリスは頬を赤く染めながら訊いてくる。

「ど、どっちって……」

カミトはごくっと唾を呑みこんだ。

エリスの表情はいたって真剣だ。決してからかっているのではなく、本当にカミトのアドバイスを欲しがっているらしい。

（あの真面目なエリスが勇気を出して訊いたんだ。俺が逃げるわけにはいかないな……）

カミトは、目の前に突き出された二種類の下着をじっと見つめ、真剣に考えた。

一方は清楚で可愛らしい白。

もう一方は大人っぽく妖艶な黒だ。

（エリスは清楚で気高い少女騎士……普通に考えたら白、だよな）

……いや。あるいは、だからこそ逆の発想。

真面目で清楚なエリスが、ちょっとアダルトな黒の下着を身に着けていたら、そのギャップにドキドキしてしまうに違いない。

「カミト、は、早く決めてくれ。私だって恥ずかしいのだ」

「ああ、わかった……」

カミトはあわててうなずくと、いよいよ心を決めた。

「……黒だ。エリスには大人っぽい黒の下着が似合うと思う」

「そ、そうか……わ、私も勝負の日には、よく黒を身に着けるからな」

満足そうにこくこくと頷くエリス。

そういえば、前に騎士団の本部で着替えを覗いてしまったとき、エリスは黒い下着を身に着けていた。……あの日はなにかの勝負の日だったということか。

「で、ではこちらにしよう。あとはサイズを測るだけだな」

「ああ。じゃあ、俺は外に出てるから――」

ほっと安堵の息をつき、試着室から出ようとした、そのときだ。

「もう、カミトってば、どこいったのかしら？　ここで待ってなさいって言ったのに」

ぷんぷんと怒るクレアの声が聞こえてきた。

カミトはあわてて開きかけた試着室のカーテンを閉じる。

（……ま、まずい！）

エリスと一緒に試着室にいるところを見られたら、たぶん消し炭ではすまない。

外にクレアがいることを、エリスに伝えようと背後を振り向くと――

「エ、エリス……なにしてるんだ!?」

カミトは思わず目を丸くした。

いつのまにか、エリスが制服を脱いで、さっきの下着を身に着けていたのだ。

「きゃああっ――」

「……っ！」

悲鳴を上げかけたエリスの口を、カミトは咄嗟に押さえた。

「む、むぐ……」

そのまま、エリスの身体を壁に押しつけ、耳もとで囁く。

「声を出すな……クレアが近くに来てる」

「……!?」

目を見開くエリス。

「……カミト、ほんとにどこいっちゃったのよ？」

すぐそばで、クレアの探し回る声が聞こえてくる。

わずかでも気配を感じさせるわけにはいかない。

壁際で密着したまま、二人は息を殺した。

「……」

「……」

エリスの口を押さえた指の隙間から、かすかな吐息が洩れる。

下着越しに感じるやわらかい胸の感触。高鳴る鼓動が伝わってしまいそうだ。

（や、やっぱり、エリスのは大きいな……）

カミトの腕の中で、ふよふよと形を変える胸。

エリスの鳶色(とびいろ)の瞳(ひとみ)が、なぜかとろんと蕩(とろ)けたようになっている。

……そのまま、永遠にも思える数十秒が過ぎて。

やがて、どこか別の場所に移動したのか、クレアの声は遠ざかっていった。

「……ふう」

どうやら危機は去ったようだ。カミトはほっと安堵(あんど)の息をつく。

「カ、カミトっ……！」

あわてて身体を離したエリスが、キッとカミトを睨(にら)んだ。

「な、なにをするのだ、急に！」

「……すまん、緊急事態ってことで勘弁してくれ」

下着姿のエリスからドギマギと目を逸(そ)らしながら、カミトは謝った。

「ま、まあいい……君を下着選びにつきあわせてしまったのは私なのだしな」

エリスは小さく咳払(せきばら)いすると、ちらっと上目遣いに片目をあけて、

「と、ところで、カミト……」

「なんだ？」

「こ、この下着は……ちゃんと似合っているだろうか？」

艶(なま)めかしいふとももをもじもじと擦り合わせ、恥ずかしそうに訊(き)いてくる。

「ああ、似合ってると思うぞ。なんつーか……その、ドキドキする」

「そ、そうかっ……！」

カミトが正直に答えると、エリスはふっと嬉しそうに口もとをほころばせた。

「で、では、勝負のときは、ちゃんとこれを身に着けるようにしよう」

「……勝負？　ああ、明日から本戦も始まるからな」

「も、もうっ……そういう意味ではないっ！」

エリスは拗ねたように、きゅっとカミトの腕をつねってきた。

（……エリスが「もうっ」って言うの、なんか可愛いな）

◇

「──クレア、待たせたな」

試着室を出たカミトは、なにくわぬ顔でクレアの肩を叩いた。

「あ、あんた、どこ行ってたのよ！　ずっと探してたんだから！」

「悪い、ちょっと店の外に出てたんだ……っと、そのドレス、可愛いな」

「え？　……そ、そう？　ほんとに？　可愛い？」

ツーテールの髪をパタパタと動かし、頭からぷしゅーっと湯気を噴き出すクレア。

クレアが着ていたのは、胸もとの大きく開いた大人っぽい白のドレスだ。

正直、胸の部分はずいぶん余っていたが、あえてそこには触れなかった。それに、ドレスが似合っているかどうかはともかく、クレアが可愛いというのは本当だ。

「ま、まあいいわ。今度から、ご主人様のもとを勝手に離れないこと。いいわね？」

「ああ、わかったよ」

どうやら、不機嫌な火猫お嬢様をなだめることに成功したようだ。

消し炭にされなかったことに、カミトはほっと安堵の息をついた。

「ふふっ、たくさん買ってしまいましたわ♪」

「わ、私としたことが、こんなにえっちな下着を買ってしまった……」

妹のプレゼントを買ったリンスレット、下着を購入したエリスと店の前で合流し、一行は港から少し離れた場所にある〈古代図書館〉へ向かった。

小高い丘の上にそびえ立つ、巨大な城砦のような建物。

カミトたちが宿泊している城館と同じで、古代の遺跡を改装して造られた施設らしい。

規模はアレイシア精霊学院の誇る封印図書館には及ばないが、この古代図書館には、古代の稀覯本や伝説級の禁書が何冊も保管されているのだ。

ここなら、カミトを蝕む〈闇の烙印〉を破壊する方法や、消失したエストを呼び戻すための手段が見つかるかもしれない。

建物の中に入ると、高さが天井まである無数の書架がカミトたちを出迎えた。

「さすがに大きいな……」

「あたしたちは〈闇（やみ）の烙印（らくいん）〉について調べてみるわ。カミトはエストのことを調べておいて。〈魔王殺しの聖剣（デモン・スレイヤー）〉についての伝承なら資料はたくさんあるはずよ」

「ああ、わかった」

カミトは頷（うなず）くと、大陸各地の伝承が収められている書架のほうへ歩いていった。

途中、〈神儀院（しんぎいん）〉の姫巫女（ひめみこ）たちがヒソヒソと囁（ささや）きかわすのが聞こえてきた。

「見て、男の精霊使いよ」「あれが噂（うわさ）の淫王（いんおう）？」「目を合わせちゃだめよ、穢（けが）されるわ」

（な、なんで聖域の姫巫女にまで俺（おれ）の噂が伝わってるんだ？）

カミトは重いため息をつきながら、聖剣についての資料を集めはじめた。

◇

一方、クレアたちは、司書に案内されて地下の封印書庫をおとずれていた。

カミトの身体に刻まれた呪（のろ）いは、〈神儀院〉第二位の姫巫女であったフィアナでさえ破壊することのできない強力な呪いだ。

だとすれば、一般の精霊魔術の文献を調べても意味がなく、封印書庫に収められた禁書

をあたるべきだと考えたのだ。

　禁書の中には、たとえば、現在では各国で研究が禁止されている〈呪装刻印〉について
の機密資料などもあった。

「あの呪いは、呪装刻印に近い性質のものかもしれないわ」

「可能性はあるな。レン・アッシュベルの所属するアルファス教国では、秘密裏に呪装刻
印の研究が進められているという噂もあるようだし——」

「アルファス教国についても調べてみたほうがよさそうですわね」

　クレアたちは、書架に収められた禁書をつぎつぎと紐解いていった。

　大貴族の娘といえど、本来、一般の姫巫女が禁書を閲覧することは許されていない。

　彼女たちが禁書に触れることができるのは、ひとえに精霊剣舞祭の代表選手という特別
な立場のおかげだった。

「精霊の森に眠る魔神級精霊討伐隊の記録か……これは違うわね」

「ランバール戦争時の呪装刻印の資料……ここになにかあるかもしれませんわ」

「……禁じられた古代の儀式魔術か。これは役に立ちそう——なっ⁉」

　突然、本を調べていたエリスが裏返ったような声を上げた。

「エリス、なにか見つかったの⁉」

「どうしましたの？　なんだか顔が赤いですわよ？」

「い、いや！　なんでもない――」

「……？」

エリスの開いていた本を、クレアは横から覗きこむ。

と。

「ふああっ、な、なによこれっ！」

クレアの顔がカアッと火照った。

開かれた本の挿絵には、あられもない格好をした姫巫女の姿が描かれていたのだ。

禁じられた儀式魔術の本――その内容は、ちょっとえっちなロマンス小説を愛好しているクレアでさえひいてしまうほどの、じつに生々しいものだった。

「い、いやらしいっ、いやらしいわっ！」

「騎士団長はえっちですわ！」

「ち、違う！　儀式の本を探していて、たまたま手にとってしまっただけだ！」

あわてて首を振るエリス。凛々しい騎士少女は激しく動揺していた。

「……」「……」「……」

しばしの沈黙。

禁断の書を前にして、三人のお嬢様はゴクリと息を呑んだ。

「えっと……ちょ、ちょっとだけ、読んでみる？」

ためらいがちに口を開いたのは、クレアだった。

「……そ、そうですわね。なにか役に立つ情報があるかもしれませんし」

「あ、ああ、その可能性は否定できないな──」

リンスレットとエリスも、互いに目を逸らしながら同意した。

クレアは覚悟したように頷くと、震える指先で、本の頁をぱらっとめくった。

そして──

「……っ!?　な、なんだこれはっ！　い、意味がわからない……」

「そんな……め、目隠しして、こんなこと……ふああっ！」

「こ、これが、殿方の……ですの？」

「く、口に咥えて……な、舐めるだと？」

「む、胸で挟むなんて……ふぁっ……こ、こんなのありえないわ！」

「……」「……」「……」

同年代の男子と手を繋ぐだけで精一杯の初心なお嬢様たちだ。

未知の世界を垣間見たショックで、みんな無言になってしまった。

静寂に満ちた封印書庫に、本の頁をめくる音だけが静かに響く。

なんだかんだで、三人とも興味津々なのだった。

◇

地下の書庫でクレアたちが興奮している頃（ころ）。

「……ふう、これを全部調べるのは骨が折れそうだな」

カミトは運んできた資料をテーブルに積み上げ、聖剣に関する伝承を調べていた。

魔王殺し（デモン・スレイヤー）の聖剣――あるいは〈セヴェリアンの聖剣〉とも呼ばれる伝説の剣。

その出典は、救世の聖女（セイクリッド・クイーン）――アレイシア・イドリースに関する伝承だ。

聖剣の所有者にして、魔王を滅ぼした人物。

この大陸で、彼女の名前を知らない者はいないだろう。

だが、実際のところ、アレイシア・イドリースという人物について知られていることは、意外なほど少ない。後（のち）の時代に数多くの伝説が付け加えられてきたため、その実像はほとんど解明されていないのだ。

（……まあ、聖女様に関してはどうでもいい）

求めているのは、彼女の所有していたという聖剣についての情報だ。

カミトは聖剣に関する単語だけを拾い上げ、パラパラと資料に目を通した。

魔王を滅ぼした聖剣が通常の武器であるはずがない。

伝説の聖剣の正体は、高位精霊の精霊魔装（エレメンタルヴァッフェ）であろうというのが最も有力な説だった。

聖女アレイシアは魔王を滅ぼした後、共に戦ってきた契約精霊を、魔王の城にあった一本の剣に封印したらしい。

封印の依り代(よりしろ)となったその剣の銘こそが、〈セヴェリアンの聖剣〉なのだ。

聖女アレイシアがなぜ、みずから契約精霊を剣に封印したのか——その理由はわかっていない。また、魔王を滅ぼした後、彼女がどうなったのかについても、様々な説が唱えられているようだ。

カミトは静かに本を閉じた。

「結局、よくわからないってことがわかっただけだったな……」

いろいろ資料を調べてみたが、そこに書かれている伝承はほとんどが眉唾(まゆつば)ものだ。

エストの封じられていた〈精霊の森〉の剣についても、学院の封印図書館で得られる以上の情報は見つからなかった。

——とはいえ、それほど期待していたわけでもない。

(こんな資料をいくら調べたところで、エストを救えるわけじゃないからな)

それに、エストが本物の〈魔王殺し(デモン・スレイヤー)の聖剣〉かどうかなど関係ない。カミトにとって、彼女が大切な相棒であることに変わりはないからだ。

「エスト……」

カミトは右手の精霊刻印をそっとなでた。

美しく輝く白銀の髪。搾りたてのミルクのように白い肌。その顔はいつも無表情で、けれどカミトが頭を撫でてやると、気持ちよさそうに目を細めた。

(……エストは、きっと戻ってくる)

彼女を信じて待つこと——いまのカミトにできるのは、本当にそれくらいだ。

カミトは立ち上がると、両手いっぱいに資料を抱えて書架に返しにいった。

本をそれぞれ、もとあった位置に並べ直していた——そのときだ。

「——カゼハヤ・カミト?」

声をかけられ、カミトは背後を振り向いた。

「げっ!」

そこにいたのは、顔見知りの少女だった。

思わずうめき声をあげたのは、彼女があまり会いたくない人物だったからだ。

「げっ、とはご挨拶ですね、カゼハヤ・カミト」

不機嫌そうに眉をひそめる彼女。

艶やかな黒髪を肩口で切り揃えた、クール系の美少女だ。

頭には竜の徽章のついたベレー帽。黒の軍服をピシッと着こなしている。

意志の強そうな黒い瞳が、眼鏡の奥でカミトを冷たく見据えていた。

ドラクニア竜公国代表。竜皇騎士団長——レオノーラ・ランカスター。

今回の精霊剣舞祭（ブレイドダンス）で、優勝候補の一角と目されている精霊使い。

そして、カミトの下半身を物理的な意味で狙（ねら）っている、危険な少女だ。

「お、おまえっ、こんなところでなにしてるんだ？」

「愚問ですね。他国のチームに関する情報収集に決まっているでしょう」

レオノーラは中指で眼鏡（めがね）をくいっと押し上げ、呆（あき）れたように言ってきた。

なるほど、たしかに資料を小脇（こわき）に挟んでいるようだ。屈指（くっし）の実力者であるにも関（かか）わらず、敵チームの情報収集を怠らない――手強（てごわ）い相手だ。

カミトはもうひとつ、気になったことを訊（き）く。

「おまえ、たしか眼鏡なんてかけてなかったよな？」

「……さすがは聞きしに勝る色魔（しきま）ですね。そんな細かい変化まで見逃さないとは」

「いや、細かくはないだろ」

……髪形とかならともかく、眼鏡は普通は気づく。

「書物を読むときだけです。もともと目はよくないのですが、剣舞を舞うときは精霊魔術で視力を補強しますから」

竜騎士の少女は冷たい目でカミトを睨（にら）んだ。

「正直におっしゃったらどうです？　……に、似合わないと」

「……？　いや、普通に似合ってるし、可愛（かわい）いと思うぞ」

「な、なにを言うのですかっ！　この眼鏡フェチの変態！」

「なんでだよ……」

理不尽な罵倒に、カミトは半眼でうめく。

レオノーラはこほんと咳払いすると、逆に訊いてきた。

「あなたこそ、なぜこのような場所に？」

「……ん、ああ、ちょっと調べ物をな」

他国のライバルチームに、エストを失ったことを知られるのはまずい。

曖昧な返事で誤魔化そうとすると――

ふと、レオノーラの視線が、カミトの返そうとしていた本に向けられた。

「なるほど、貴方の契約精霊について調べているのですね」

「……っ!?」

カミトはハッと身構えた。

「……おまえ、まさか知ってるのか？」

「貴方の剣精霊が消滅したことを――ですか？」

「……」

レオノーラの冷たい眼差しがカミトを射貫く。

「例の軍用精霊使いとの戦い――失礼ながら拝見させていただきました」

「……なるほど、な」

どうやら、ミュア・アレンスタールとの戦闘の一部始終を観察されていたらしい。

レン・アッシュベルは、外で戦闘が起きていることを気づかれないよう、城館の周囲に大規模な封絶結界を張っていた。だが、さすがにレオノーラ級の精霊使いを誤魔化すことはできなかったようだ。

「おまえ、クレアたちがやられるのを黙って見てたのかよ」

「あの場で私が助けに入るべきだったと？」

「それは……」

カミトは責める言葉を呑みこんだ。

たしかに、彼女が敵チームの精霊使いを助ける義理はどこにもない。

「甘いですね。〈精霊剣舞祭〉はたんなる親善試合ではありません。国家の威信と繁栄をかけた、代理戦争なのですよ」

彼女の言うことは、まったくもって正論だ。

精霊剣舞祭で優勝した国に与えられる精霊王の祝福――その影響力は、国家そのものの盛衰にさえ関わってくるのだから。

それに、あの戦いを監視していたのは、ドラクニアの騎士団だけではあるまい。

「互いに潰し合ってくれて万々歳ってとこだろうな、あんたたちにとっては」

彼女が悪いわけではない——わかっていても、自然と口調が刺々しくなった。

「いえ、私としても、あの剣精霊が消滅したことは残念に思っています」

意外にも、レオノーラは静かに首を振った。

「あの精霊には、私の〈竜殺しの聖剣〉に匹敵する力を感じました。騎士として、ぜひ完全な状態の貴方と手合わせしたかった」

真摯な目を向けてくる彼女に、カミトは——

「レオノーラ、あんた勘違いしてるぜ」

「勘違い？」

「エストは消滅なんてしていない。それに、あいつの本当の力はあんなものじゃない」

「……なるほど、これは失礼しました」

レオノーラはふっと微笑み、納得したように頷いた。

その瞬間、ふと、彼女の瞳の色が変化したように見えたのは気のせいか。

「無論、貴方を侮るつもりはありません。〈ドラクニアの竜は獅子を狩るにも全力を尽くす〉——その諺通り、全身全霊で叩き潰させていただきます」

「ああ、できるものならな」

平然と返しながらも、カミトは内心で舌を巻いていた。

（こいつは強敵だな……）

レオノーラ・ランカスターは、あの学院最強のヴェルサリアと並ぶ実力者だ。

そして、彼女の使役する竜精霊〈ニーズヘッグ〉——飛行艇を襲った軍用精霊を一撃で葬ったあの精霊もまた、とてつもなく強大な精霊だった。

だが、この竜少女の強さの本質はそこではない。

圧倒的な実力の持ち主でありながら、力に溺れることなく、格下相手でも決して侮ることがない——そんな隙のなさこそが最大の脅威だ。

エストを失ったいまの状態では、まともに戦える相手ではない。

「では、そうさせていただきましょう——」

唐突に。レオノーラはカミトの身体を書架に押しつけた。

「……なっ⁉」

カミトは思わず声を上げそうになる。

眼鏡の奥で上目遣いに睨む瞳。

シャンプーの匂いだろうか。ほのかに甘い香りが鼻先をくすぐった。

「……な、なんの真似だよ⁉」

「できるものなら——と仰ったのは貴方ですよ、カゼハヤ・カミト」

カミトの唇に人差し指をあて、彼女はさらに身体を密着させてくる。

ほどよい弾力のある胸が、カミトの腕にぎゅっと押しつけられた。

（……こ、こいつ、意外と胸が大きいな！）

エリスとおなじで着痩せするタイプなのかもしれない。

（……って、そんなこと考えてる場合か！）

書架の陰に隠れているとはいえ、周囲には姫巫女が何人もいるのだ。こんな場面を見られたら、〈神儀院〉の審問会にかけられかねない。

「脈拍が速くなっていますね。私の身体で興奮しているのですか？」

「あ、あたりまえだろ！　お、おまえみたいな可愛い娘に抱きつかれたら――」

「……か、可愛い？　私がですか？」

驚きに目を見開く竜少女。

「殿方に、そのようなことを言われたのは初めてです……」

「と、とにかく、早く離れてくれ！」

「そうはいきません」

「……どういうことだ？」

「先ほど言ったはずですよ。〈ドラクニアの竜は獅子を狩るにも全力を尽くす〉と。昨晩、あなたとミュア・アレンスタールの戦闘を見た本国の軍部は、あなたに対する方針を変更することを緊急決定しました」

「俺に対する方針？」

「騎士団の姫巫女に手を出される前に、あなたのアレを斬り落とすという方針です」

「あれは国策だったのかよ！」

カミトは思わず叫んだ。

ドラクニア竜公国……想像以上に恐ろしい国家だ。

「しかし軍部は、世界でただ一人の男の精霊使い――優秀なその胤を、ここで絶やすのは惜しいという結論に達しました」

「……ああ。なんとなく、話がわかってきたぞ」

カミトは半眼でうめいた。

ようするにこれは、あれだ。……ハニー・トラップというやつだ。

「おとなしく、私のものになりなさい――カゼハヤ・カミト」

脳髄が痺れるような甘美な囁き声。

（こ、こいつ、なんかさっきまでと雰囲気が全然違うぞ……！）

この竜騎士の少女はもともと、カミトに胸を触られただけで気絶するような、学院のお嬢様たち以上に初心な乙女だったはずだ。

いくら軍の命令とはいえ、こんな風に誘惑することができるだろうか――

いまの彼女は――まるで人格が入れ替わってしまったかのようだ。

「おまえ、いったい……」

そのとき、ふとカミトは気がついた。

レオノーラの黒い瞳が、燻る焔のような赤みをおびていることに。

（……なんだ？）

カミトが眉をひそめると、

「なかなか強情な男ですね。噂とは少し違うようです……」

レオノーラは軍服のスカートの両端をつまみ、すっと捲りあげた。

「……っ!?」

カミトの心臓がドキッと跳ねあがる。

すすすっ――と、さらにきわどい位置まで捲られるスカート。

すでにギリギリの領域まで達しているはずだが――なぜか、下着はまだ見えない。

「おまえ……み、見えちまうぞ！」

「大丈夫です。竜に仕えるドラクニアの姫巫女は、下着を身に着けませんから」

「ぜんぜん大丈夫じゃねえ！」

たしかに、精霊使いの姫巫女の中には、精霊との感応を高めるために、あえて下着を身に着けない者もいるというが。

「観念してください。そして我が祖国に永遠の忠誠を」

「や、やめろ……！」

すすすすっ——スカートが完全にめくれあがる、その寸前。

「あ、あんたたち、な、なにしてるのよ！」

「……っ!?」

ゴゴゴゴゴゴ……！

振り向くと——

わなわなと肩を震わせ、紅いツーテールを逆立てたクレアと、

「お、おのれ……神聖な図書館でなんと不埒なことをっ……」

「ちょっと目を離した隙にこれですわ！」

エリスとリンスレットが怒った顔で睨んでいた。

「ち、違うぞ！　これはだな……」

「……邪魔が入ってしまいましたね」

レオノーラはため息をこぼすと、カミトからすっと身体を離した。

「……レオノーラ？」

怪訝に思って彼女を見つめると——

いつのまにか、燻る焔のような瞳の色は、もとの漆黒に戻っていた。

まるで、なにか憑きものが落ちたかのような表情だ。

「申し訳ありません。〈竜の血〉が、わずかに目覚めてしまったようです」

「竜の血（ドラゴンブラッド）？」

聞き慣れない言葉に首を傾（かし）げるカミト。

クレアの耳がぴくっと反応した。

「――では、またいずれ。次にお会いするときは、戦場で」

レオノーラは踵（きびす）を返すと、軍人らしい所作で足早に去っていった。

「……」

その後ろ姿をじっと見送るカミト。

「……で、あんた、あの娘（こ）となにをしていたの？」

クレアが冷たい口調で問い詰めてきた。

「さっき偶然会って、明日の本戦について話してただけだ。……ほんとだって」

「……ふーん、ま、いいけど」

クレアは不満そうに唇をとがらせ、

「それで、エストについての情報はあったの？」

「いや、それらしいものはなかったな……そっちは、なにか見つかったか？」

カミトが訊（き）き返すと――

三人のお嬢様はカアッと顔を赤らめた。

「な、なにも見つからなかったわ！」

「ああ！　も、もちろん、禁断の魔術書など読んでいないぞ！」

「で、ですわ……！」

「……？」

そわそわした彼女たちの様子に、眉（まゆ）をひそめるカミトだった。

◇

古代図書館（ビブリオン）をあとにした頃（ころ）には、陽（ひ）はもう暮れかけていた。

帰り路（みち）の馬車の中で、カミトはクレアに訊（たず）ねた。

「なあ、さっきレオノーラが言ってた、〈竜の血（ドラゴンブラッド）〉ってのはなんだ？」

「……あたしも、噂（うわさ）でしか知らないけど」

クレアは考えこむように顎（あご）に手をあて、

「竜に仕える巫女の家系に、ごく稀（まれ）に生まれる特異体質らしいわ。〈竜の血（ドラゴンブラッド）〉を覚醒（かくせい）させた姫巫女（ひめみこ）は、〈竜〉そのものになるって言い伝えがあるの」

「……〈竜〉そのものに？」

それが、いったい何を意味するのかはわからない。

だが、たしかに、さっきのレオノーラは明らかに性格が変わっていた。

（でも、あの真面目(まじめ)そうな騎士が、まさかあんな風(ふう)になるなんて……）

やわらかい胸の感触を思い出し、カミトは思わずドキッとする。

「ちょっと、カミト、いまなにを考えていたの？」

「い、いや、レオノーラは強敵だなって——」

「そ、そうね……あ、あの娘(こ)の胸なら、挟めそうだもんね！」

「挟むって、なにをだよ？」

「そ、それとも、まさか、あの娘でも挟めないくらいの大きさなのかしら……？」

「……？」

意味がわからず、向かいに座るエリスとリンスレットに目を向けるが、彼女たちはなぜか恥ずかしそうに頬(ほお)を赤らめていた。

（まあいいか……）

カミトは馬車のシートにゆっくりと体重をあずけた。

揺れる窓から外を見つめると、夕陽が丘のほうに落ちていくところだ。

いよいよ明日、〈精霊剣舞祭(ブレイドダンス)〉の本戦が始まる。

数日間にわたる過酷な剣舞の儀式が。

チームの仲間たちと、こんな風に穏やかな日々を過ごせるのは、今日が最後だ。

ふと、カミトは——いつも腰にある剣の柄に触れようとした。

「……」

だが、その手はむなしく空を掴む。

右手の精霊刻印には、わずかな疼きさえ感じられなかった。

◇

底のない闇の中。輝きを失った剣は、永遠にも思える時間を過ごしていた。

眠るでも、思考するでもない、無為な時間。

それを平安と感じるか、責め苦と感じるかは自由だが、実のところその類の意味付けに意味などない。――無為は無為だ。

無明の闇に浮かぶ剣。それ以外は何も存在しない世界。

（カミト……）

力のほとんどを失った剣精霊は、ただ彼の名前を呼ぶことしかできなかった。

（カミト、私はあなたの剣。だから――）

つぶやいた、そのとき。

闇の中に眩い光が生まれた。

光の中からあらわれたのは――白い裸身をさらした、白銀の髪の少女だ。

その容姿は、エストが人間の形をとったときの姿とまったく同じだった。

（――あなたは誰？）

目の前の少女に向かって、剣は訊ねた。

（私は、かつて〈魔王殺しの聖剣〉と呼ばれたもの）

無表情に答える、白銀の髪の少女。

（あなたは、私なのですか？）

（はい。あなたは私――そして、私はあなたの全て）

その答えに、エストはようやく少女の正体を理解した。

（あなたは、私の〈本体〉なのですね）

（はい。私はあなたの上位存在）

少女は無表情にこくっと頷いた。

圧倒的な力を所有する最高位の剣精霊――本物の〈魔王殺しの聖剣〉だ。

エストがカミトと不完全な精霊契約を交わしたときに、分裂してしまった存在。

エストが力を失い、消滅しかけたことが引き金となって、ふたたび両者を繋ぐ回路が開いたのかもしれない。

（私がここにいられる時間は、そう長くありません）

エストと同じ顔をした少女は、すっと右手を伸ばし――

冷たい声で命令する。

（カゼハヤ・カミトとの契約を破棄し、私のもとに戻りなさい）

彼女にとって、それは当然の要求だった。

もともと、カミトとの契約はイレギュラーな事故だ。

本来、彼女は、いかなる精霊使いとも契約する意志はなかったのだから。

なぜ、あの少年を契約者としてしまったのか、それは彼女にもわからない。

その矛盾が、分離した〈端末〉――もう一人のエストを生み出してしまったのだ。

しかし、契約者であるカゼハヤ・カミトとの〈門(ゲート)〉が閉ざされているいまならば、分離した〈端末〉と再び融合することができるはずだった。

だが。

（……いや……です）

剣の姿をしたエストは彼女の差し伸べた手を拒否した。

闇(やみ)を斬(き)り払い、彼女の喉元(のどもと)にその切っ先を突きつける。

（――いや？）

（私は、カミトとの契約を破棄したくない……）

（私の一部にすぎないあなたが、私を拒否するというのですか？）

（私はカミトの剣。あなたのものではありません）

エストは明確な拒絶の意志を少女にぶつけた。

（――なるほど。あの契約者の少年が、あなたの自我を発生させたようですね）

少女は無表情のまま、静かにつぶやく。

あわい光を放つ白銀の髪が、闇の中でざわめいた。

（ですがエスト、あなたには――いえ、私には、誰かの剣となる資格はありません）

（……どういうことですか？）

（それは、私の存在が、罪そのものだから）

（――罪？）

剣には少女の言葉が理解できない。本体と共有していた記憶の大半は、カミトと契約した瞬間に、失われてしまっていたからだ。

いまのエストの中にあるのは、過去の断片的な記憶。

そして、カミトたちと過ごしたわずかな期間の想い出だけだ。

（思い出しなさい。あなたの――そして、私の罪を）

白銀の髪の少女が、そっと剣の切っ先に触れた。

瞬間。膨大な記憶の奔流が流れこんでくる――

（私の最初の契約者、アレイシア・イドリースとの記憶を）

陽が完全に暮れた頃、カミトたちは城館に戻ってきた。

城館のホールでは昨日と同じく舞踏会が催されているようだが、これは開会の儀式ではなく、たんに貴族のための催しであるため、参加する精霊使いはほとんどいない。本戦を明日に控えた代表選手は、舞踏会どころではないのだ。

カミトは一度自分の部屋に戻って、明日の荷物の整理をしていた。

鞄に詰めこんでいるのは、携帯食料や精霊鉱石のランタンなど、森の中でのサバイバルに必要なものだ。

持ち込める装備には重量制限があるため、厳選する必要があった。

「三年前の個人戦のほうが気は楽だったな……」

あのときは、ただ立ちはだかる相手を倒していけば、それでよかった。

だが、今回はチームで生き残ることを考えなくてはならないのだ。

カミト個人の力では、あのレン・アッシュベルには到底及ばない。

いや、エストのいない今の状態では、レオノーラ・ランカスターや、他のチームの精霊使いにも太刀打ちできないだろう。

「……俺(おれ)が足手まといになるわけにはいかないからな」

つぶやいた、そのとき。

部屋の外から、可愛(かわい)らしい少女の声が聞こえてきた。

「素敵！　お姉様の髪、すごく綺麗(きれい)だわ！」

「やんっ、ミレーユ、髪をひっぱってはだめですわ！」

……いまのはリンスレットの声だ。

「……なんだ？」

カミトが部屋のドアを開け、廊下に出ると――

リンスレットが、小さな女の子に髪をひっぱられていた。

「……リンスレット、なにしてるんだ？」

「あっ、カミトさん!?」

リンスレットがハッと振り向く。

「……カミトさん？」

彼女の髪をひっぱっていた女の子も、同時にこっちを向いた。

リンスレットと同じ豪奢(ごうしゃ)なプラチナブロンドの髪。

澄んだエメラルドの瞳(ひとみ)に、白いドレスがよく似合っている。

年齢は七、八歳くらいだろうか。まだ幼いが、その顔立ちはとても可愛らしく、リンス

レットによく似ていた。

「きゃあっ、カミト様！　本物のカゼハヤ・カミト様だわ！」

少女はパッと笑顔を浮かべると、パタパタと走り寄ってきて――

ぽふっ。カミトのお腹に顔をうずめた。

「な、なんだ!?」

カミトが面食らっていると、リンスレットがあわてて走ってきた。

「ミレーユ！　ローレンフロスト家の淑女たる者が、はしたないですわよ！」

「いいじゃない、お姉様。将来はミレーユのお兄様になる方なんだから」

「……は？」

少女の言葉に眉をひそめるカミト。

「ミ、ミレーユ！　な、ななな、なにを言いますの！」

「え？　だってお姉様がいつもお手紙に書いて……むぐぐ」

あわてて少女の口をふさぐリンスレット。

カミトは頭をかきながら、

「……えーと、その子が、リンスレットの妹なのか？」

「そうよっ、私はミレーユ・ローレンフロスト。ローレンフロスト家の三女なの」

少女はリンスレットの手を逃れると、貴族の令嬢らしく礼儀正しく頭を下げた。

くるくるとよく動くエメラルドの瞳（ひとみ）が可愛（かわい）らしい。

成長すれば、リンスレットみたいな美少女になりそうだ。

「カゼハヤ・カミトだ。リンスレットのチームメイト――」

「知ってるわ。お姉様の愛人なんでしょ？」

ミレーユがにこっと笑った。

「あ、愛人⁉」

「ミ、ミレーユ、おやめなさいっ！」

リンスレットがあわてて叫ぶが、ミレーユはしれっとした顔で、

「あら、違うのお姉様？　じゃあ、恋人かしら？」

「ち、ちち、違いますわ！　そ、そそ、そんな……こ、恋人なんて……」

頬（ほお）に両手をあて、いまにも湯気を噴きそうなほど真（ま）っ赤（か）になるお嬢様。

「お姉様、照れてらっしゃるわ。可愛いっ！」

「……～っ、も、もうっ、からかうのはおやめなさいっ！」

リンスレットはミレーユの背中をぽかぽか叩（たた）いた。

そんな二人の様子を眺めながら、カミトは苦笑する。

（……リンスレットも、妹の前ではたじたじなんだな）

はたから見ているぶんには微笑（ほほえ）ましいが、愛人だの恋人だのと誤解されたままでは、さ

すがにリンスレットがかわいそうだ。

カミトはミレーユの頭にぽんっと手をのせた。

「ふぁっ！」

くすぐったそうな声をあげるミレーユ。

「俺はリンスレットの愛人でも恋人でもない。あんまりお姉さんを困らせたらだめだぞ」

「……あ、う、うん……カミト様、ごめんなさい」

ミレーユはぽっと頬を赤らめ、こくっと頷いた。

姉のリンスレットに似て、根は素直ないい子のようだ。

「そ、そんなにきっぱり否定しなくてもいいですのに……」

リンスレットはなぜか不満そうに唇をとがらせる。

と。

「さすがカミト様ですね。お嬢様の妹君まで手懐けてしまうなんて」

「キャロル!?　おまえいつのまに――」

どこからか姿をあらわしたメイドが、ふふっと微笑んでいた。

キャロルの台詞を聞いたリンスレットが、ハッとしてカミトを見つめる。

「カ、カミトさん……そ、そんな、姉妹サンドイッチなんて、いけませんわ！」

「リンスレット、いますごい失礼なこと考えてないか？」

さっと妹をかばうように前に出たリンスレットを、カミトはジト目で睨んだ。

「わ、私は、お、お姉様と一緒なら……手籠めにされても、いいよ？」

妹は妹で、なんだかよくわからないことを言っている。

キャロルはこほんと咳払いすると、ミレーユの首根っこをつかまえた。

「さあ、ミレーユ様、お嬢様たちはお忙しいのですから、部屋にお戻りください」

「……私、もっとお姉様やカミト様と遊びたいわ」

いやいやと首を振る彼女の耳もとで、キャロルが囁く。

「ほら、お嬢様の逢瀬の邪魔をしてはだめですよ」

「……あ、そ、そうね。わかったわ、キャロル」

ミレーユは急におとなしくなると、リンスレットの腕をぎゅっと握った。

「お姉様、明日は応援しているわ。ユーディアお姉様を、きっと取り戻してね」

これまでの天真爛漫な笑顔とはうってかわった、真剣な表情。

リンスレットもまた、強い決意を抱いた顔で頷いた。

「ええ、わたくしにお任せなさい」

ミレーユはそっと腕を離すと、すぐに笑顔に戻ってカミトのほうを向く。

「カミト様も、精霊剣舞祭が終わったら、ぜひローレンフロストにいらしてね」

「ああ、わかった」

「カミト様が、本当のお兄様になってくれるといいのにな……」

「え？」

そんなドキッとするような台詞を残して——

ミレーユはキャロルと一緒に廊下を立ち去った。

「も、もう、あの子ってば、困った子ですわね……」

「面倒見がいいんだな、リンスレットは」

「……と、当然ですわ。わたくしが一番お姉さんなのですもの」

リンスレットは、ちょっと照れたように髪をかきあげる。

ふとカミトは、さっきミレーユのつぶやいた名前が気になった。

「ところで、さっき話してたユーディアっていうのは？」

「……」

リンスレットの顔がわずかに曇る。

「悪い、訊いちゃいけないことだったか？」

「い、いえ、そんなことはありませんわ」

リンスレットは伏し目がちに首を振った。

「ユーディアはわたくしの妹。ローレンフロスト家の次女ですわ」

「もう一人妹がいるのか」

「ええ。彼女はローレンフロストのお城で、覚めることのない眠りについていますの」

リンスレットは辛（つら）そうな表情で事情を話してくれた。

ローレンフロスト家の次女、ユーディア・ローレンフロストは、〈神儀院（しんぎいん）〉に推薦されるほど優秀な姫巫女（ひめみこ）だったが、数年前、水の精霊王に奉納する儀式に失敗して怒りを買い、永遠に溶けることのない呪氷（じゅひょう）に閉じこめられたという。

ローレンフロスト伯は帝国中の精霊使いを集め、呪氷を破壊させようとしたが、いかなる高位精霊の力をもってしても、呪氷を壊すことはできなかった。

以来、彼女はずっと、数年前と同じ姿で眠り続けているのだという。

「……水の精霊王の呪氷か。人間の精霊使いにどうにかできるものじゃないな」

「はい。ユーディアを救う方法はただひとつ、ですわ」

リンスレットはぐっと拳（こぶし）に力をこめた。

「精霊剣舞祭（ブレイドダンス）の優勝者に与えられる、精霊王の祝福——わたくしの〈願い〉は、水の精霊王に赦（ゆる）しを請い、ユーディアを救うことですの」

「リンスレット……」

リンスレットの話を聞いて、あらためてカミトの心に火がついた。

（そうだ。俺（おれ）だけじゃない……）

クレア、エリス、フィアナ、そしてこのリンスレットも——チームのメンバー全員が、

ゆずれない目的を抱いてこの〈精霊剣舞祭〉にのぞんでいるのだ。

目の前でエストを失ったことで、どこか気弱になっていた。

だが、そんなことは言い訳にならない。

カミトは、リンスレットの両肩にぽんと手を置くと、

「リンスレット、絶対に勝ち抜こうな」

「は、はいっ、ですわ！」

リンスレットは頬を赤らめ、嬉しそうに微笑んだ。

普段はツンツンしているせいか、こうやって素直に微笑む彼女はとても可愛らしい。

「で、では、カミトさん、わたくし、部屋で明日の準備をしてきますわね」

「ああ」

照れたように踵を返すと、彼女は廊下をパタパタと駆けていった。

「……さて、俺も準備の続きをするか」

肩をすくめ、部屋に戻ろうとすると、

「ふふっ、あいかわらずね、カミト君は」

「フィアナ!?」

いつからそこにいたのか、フィアナが部屋のドアの前にたたずんでいた。

「クレアたちとのデートは楽しかった？」

くすっと微笑み、悪戯っぽく訊いてくる第二王女様。

「……デート？　いや、あれはそんなんじゃ――」

言いかけて、カミトは口をつぐんだ。

客観的に見れば、たしかにデートといえなくもない……かもしれない。

しかも、可憐な美少女を三人も連れたハーレムデートだ。

その反応に、フィアナは呆れたようなため息をついた。

「もうっ、カミト君ってば、夜の魔王なだけじゃなくて、昼の魔王でもあるのね」

「……なんだよ昼の魔王って」

「まあいいわ。もともと私が焚きつけたようなものだし。それに、ここからは私のターンだもの」

「……ターン？　なんのことだ？」

怪訝そうに首を傾げるカミト。

すると、フィアナは急に真剣な顔つきになって、

「カミト君の呪いを解くことのできる知り合いを見つけたわ」

「本当か!?」

フィアナは、カミトたちが街に出かけているあいだずっと、〈闇の烙印〉を破壊することのできる人物を探してくれていたのだ。

「……フィアナ、ありがとな」

「ええ、でも、ひとつだけ問題があって――」

「問題？」

「彼女に会うのはちょっと大変なの。身分の高い姫巫女だから、そう簡単に大祭殿の外に連れ出すわけにはいかないわ。だから、カミト君に一緒についてきてもらわないと」

「……？　なんだ、そんなことか。ぜんぜん問題ないぞ」

カミトが頷くと、フィアナはくすくすと楽しそうに微笑んだ。

「よかった。それじゃ、さっそく着替えてくれる？」

「着替え？」

「ええ、カミト君、女の子に変装するのは得意でしょ？」

◇

――それから、数分後。

部屋の鏡の前に、黒髪の女の子が立っていた。

「……」

「……驚いたわ。まさかここまで似合うなんて」

「おまえ、絶対楽しんでるだろ……」

「そ、そんなことないわよ。これは必要なことなんだから」

誤魔化すように、あさってのほうを向くフィアナ。

(絶対楽しんでる……)

カミトはうんざりとうめいた。

そう、鏡に映る少女は、〈神儀院〉の儀礼服に身を包んだカミトだ。

長い黒髪のカツラ。頬には白粉。

唇には薄い桜色の紅をさし、完全に少女の姿になっていた。

「すごく綺麗よ……顔立ちは変わっても、さすがは元レン・アッシュベルね。その格好で街に出たら、きっとみんなが声をかけるわ」

「お、おい、その名前は――」

カミトは思わず周囲を見回した。

部屋の中とはいえ、誰が聞き耳をたてているともわからない。

狼狽するカミトに、フィアナはくすっと微笑むと――

「でも、ほんとに完成度が高いわ。みんなにも見せてあげたいくらい」

「……頼む、それだけは勘弁してくれ!」

カミトは本気で懇願した。

「ふふっ、そんな大声出したら廊下に聞こえちゃうわよ」

と、そのとき。

ドアの向こうでパサッとなにかの落ちる音がした。

「……っ⁉」

振り向くと、そこに――

「あ、ああ、あんた、な、ななな、なにしてるの⁉」

クレアが、愕然とした顔で床に荷物を落としていた。

「ク、クレア⁉　ち、違うぞ、これは、その――おわっ！」

あわてて言い訳しようとするカミトだが――

儀礼服の裾が絡まって転んでしまい、胸に詰めたパッドがころころと転がった。

……数秒間の沈黙。

「え、えっと……」

クレアはようやく口を開いた。

「べ、べつに、いいのよ！　その、あ、あんたにそんな趣味があったなんて、ちょっと驚いたけど、う、うんっ、趣味はそれぞれよね！」

「だから誤解なんだよ！」

立ち上がって叫ぶが、クレアはあわあわとテンパって聞いていない。

「か、隠さなくてもいいのよ！　えっと、すごい似合ってるし、あたしから見ても綺麗……だと思うし、ちょっと人には言えない趣味かもしれないけど、あたしはカミトの味方だから！　お、応援するから！」

「応援しなくていい！」

「ふふっ、よかったじゃない、カミト君」

そんな二人の様子を、フィアナはくすくすと見守っていた。

「フィアナ……頼む、クレアに説明してくれ」

「しかたないわね。……もうちょっと見ていたかったけど」

「……どういうこと？」

きょとんとするクレア。

「あのね、私たちはこれから、聖域の大祭殿に侵入するの。高位の姫巫女に、カミト君の〈闇の烙印〉を破壊してもらうためにね」

「聖域の大祭殿？」

クレアはぽかんと口をあけた。

まあ、当然の反応だ。大祭殿はこの浮遊島の中でも最も神聖な場所。精霊剣舞祭の代表選手といえど、立ち入りの許されるような場所ではない。

「な、なに考えてるのよ！　あそこには、とんでもなく強い守護精霊だっているのよ！」

「もちろん、強行突破なんて考えていないわ。秘密の通路を使って中に侵入するの。カミト君に姫巫女の格好をしてもらったのは、そのためよ」

「で、でも、そんなの危険すぎる……！」

「なら、ほかにカミト君の呪いを解くいい方法があるの？」

「そ、それは……」

口ごもったクレアの頭に、カミトはぽんっと手をのせた。

「ふぁっ……な、なにするのよ！」

「大丈夫だ。俺は捕まるようなへまはしねーよ」

「……」

クレアはきゅっと唇を噛み――

「わ、わかったわよ……」

しかたなしに頷いた。

「でも、だったら、あたしもついていくわ」

「だめよ。なるべく少人数のほうがいいわ。それにクレアの髪は目立ちすぎるもの」

「クレア、心配してくれてるのか？」

「ち、違うわよ……ばかっ！」

「安心して。カミト君はちゃんと返してあげるから」

「……～っ、そ、そそ、そんな心配、してないっ！」

「ふふっ、それじゃ、お留守番は頼んだわよ。いきましょ、カミト君」

フィアナは、顔を真っ赤にしたクレアにひらひらと手を振ると――

ふよんっ。

カミトの腕にやわらかい胸を押しつけた。

「お、おい、フィアナ!?」

ドキッと顔を赤らめるカミト。

「ううっ……な、なによ、カミトのばか～っ！」

クレアは半泣きになって部屋を出ていった。

◇

浮遊島の地下に広がる大空洞。

それが何時、何のために造られたのか――いまとなっては知る者もいない。

最高位の姫巫女さえ立ち入ることを禁じられた、その場所に――

真紅の仮面の少女――レン・アッシュベルはたたずんでいた。

大空洞の中にある、正方形に切り取られた空間だ。

周囲が天然の洞窟であるのに対し、この部屋は明らかな人工物であった。

さして広くもないこの石の部屋こそが、聖域の〈真祭殿〉。

地上に建てられた大祭殿など、壮麗なだけの見せかけにすぎない。

肺腑の爛れるような腐臭の中。

仮面の少女が見つめるのは、部屋の中央に安置された黒い石棺だ。

石棺はそこにあるだけで、周囲にひどく禍々しい気配を漂わせていた。

「——探したわよ、レン・アッシュベル」

と。ふいに幼い少女の声がした。

暗闇の中から歩いてきたのは、暗灰色の髪の少女だった。

ミュア・アレンスタール。

昨夜の戦闘以降、姿をくらましていた、教導院第二位の〈怪物〉だ。

「四人目がようやく到着したそうよ。いま、リリィが迎えに行ってるわ」

「そうか。あのお姫様にも困ったものだ」

〈煉獄の使徒〉の四人目のメンバー——シェーラ・カーンは、彼女が直接選抜したミュアやリリィと違い、アルファス教国が推薦してきた精霊使いだ。

その能力の一切は、彼女にも知らされていない。なぜなら、シェーラはレン・アッシュベルに対する監視の役目も兼ねているからだ。

「用件はそれだけか、ミュア・アレンスタール？」

「いいえ。おまえ、兄様になにをしたの？」

ミュアは喉元に刃物を突きつけるように訊いてきた。

「彼の力を解放したことが気に入らないか？」

「兄様を目覚めさせるのは、ミュアの役目だったはずよ」

「私もあれは本意ではなかった。だが、計画を急ぐ必要が出てきたのでな」

レン・アッシュベルは微塵も動じることなく肩をすくめる。

「もし兄様の身体が耐えられなかったら、どうするつもりだったの？」

「そのときは、彼に魔王の後継者としての資格がなかった——それだけのことだ」

「なんですって……！」

ミュアの全身からすさまじい殺気が立ち上る。

「不満か？　ならば今度こそ、おまえ自身の手で目覚めさせてみるがいい」

レン・アッシュベルはミュアに小さな指輪を投げわたした。

「……これは？」

「教国の老人どもに供出させた〈神話級〉の遺物だ。国家間条約で封印廃棄された、三体の軍用精霊が封印されている」

「こんなものでミュアのご機嫌をとっても無駄よ」

「同盟者への友好の印だ。遠慮無く受け取るがいい」

「……ふーん、ずいぶん余裕なのね」

ミュアは指輪を嵌めながら、殺気のこもった目で彼女を睨んだ。

「ミュアはリリィとは違う。いまはおまえに協力してるけど、こんど兄様に手を出したら、容赦なく殺すわよ」

「構わない。やれるものならな」

あっさりとミュアの殺気を受け流すと――

レン・アッシュベルは、再び黒い石棺に向きなおった。

「ところで、ここでなにをしていたの？」

「反魂の儀式だ」

「……？　なにそれ？」

「死者の魂を回帰させる儀式――〈神儀院〉では最大の禁忌とされている」

「死者の魂を……？」

レン・アッシュベルは石棺の上に、紐を通した勾玉を捧げ持った。

精霊王の血――元素精霊界の〈聖域〉でのみ発掘される、国宝級の精霊鉱石だ。並の精霊鉱石とは比べものにならないほどの力を秘めている。

そして彼女は、澄んだ声音で呪詛の言葉を紡ぎはじめた。

「冥府を統べる精霊の王よ、いまここに、闇の御子の御霊を呼び戻せ――」

仮面の奥から洩れ聞こえるのは、聞き慣れない精霊語。

この場に〈神儀院〉の姫巫女がいれば、驚愕したに違いない。

それは、最高位の姫巫女のみが唱えることを許された、古代精霊語だった。

ドクン――黒い石棺が脈動する心臓のように震えた。

刹那、真紅の〈精霊王の血〉が粉々に砕け散る！

そして――

ズズ……ズ……ズズズズ……！

小刻みに震える石棺の蓋が開き、その隙間から――何かが這い出てくる！

「な、なんなの……あれは……？」

そのおぞましい姿に、ミュア・アレンスタールの顔がひきつった。

「先代の魔王の後継者――ネペンテス・ロア」

腐臭漂う石の部屋に、レン・アッシュベルの声が殷々と響く。

「――〈煉獄の使徒〉の五人目だよ」

「まさか、聖域の地下にこんな大空洞があったなんてな」

「ええ、この大空洞の存在は〈神儀院〉の姫巫女でも知らないはずよ」

カミトは精霊鉱石の灯明を手に、地下の大空洞を歩いていた。

誰が作ったのか知らないが、この地下空洞は大祭殿の庭園と繋がっているらしい。

鍾乳石のあいだに張られた巨大な蜘蛛の巣。頭上を飛ぶ蝙蝠。足もとを這い回る小さな虫の群れに、フィアナは怯えたような声をあげる。

「お姫様、大丈夫か？」

「わ、私は誇り高き帝国の第二王女よっ……む、虫なんて怖く……きゃあっ！」

「意地張るなって。ほら、足もと危ないぞ」

悲鳴を上げるお姫様の手を、カミトは握ってやった。

「ちょ、ちょっと、カミト君!?」

「エスコートは男の役目だ。それとも、男と手を繋ぐのは嫌か？」

「そ、そんなことないけれど……」

「さっきの悲鳴、ちょっと可愛かったな」

「……も、もう、カミト君ってば……意地悪ね」

唇をとがらせるフィアナにカミトは苦笑する。

このお姫様、いつもはカミトを大胆にからかうくせに、いざ攻められると、とたんに初心な女の子の本性をあらわしてしまうのだ。

「でも、どうしてフィアナはこんな場所を知ってるんだ？」

「〈神儀院〉で修行していた頃、風の精霊王に儀式を奉納するために一度だけこの浮遊島に来たことがあるのよ。この場所のことは、そのとき先輩に教えてもらったの」

「先輩？」

「災禍の精霊姫――ルビア・エルステイン様よ」

「……なっ!?」

カミトは思わず声を上げた。

「クレアの姉さんと親しかったのか？」

「ええ、彼女は……私の数少ない友人だったわ」

過去形でつぶやいて、ふっと寂しそうに目を伏せるフィアナ。

「最高位の姫巫女さえ立ち入ることを禁じられた場所。彼女がなぜこの洞窟のことを知っていたのかはわからないけど――」

と、そのとき。

「フィアナ、静かに！」

小声で囁き、カミトは急に足を止めた。

「どうしたの？」

「……近くに誰かいる」

「そんな⁉　だって、この場所を知っているのは私しか――」

言いかけて、フィアナは口をつぐんだ。

彼女の耳にも、複数の人間の声が聞こえてきたのだ。

――もし……の身体が耐えられなかったら、どうする……

――のときは、彼に……としての資格がなかった……それだけのこと――

洞窟の中に殷々と響く声。

声が反響しているせいで、実際にどのくらい距離が離れているのかはわからない。

だが、その声には、たしかに聞き覚えがあった。

（ミュア・アレンスタール……それに、話してる相手はまさか――）

カミトはフィアナの肩をかばうように抱きすくめると、じっと息を殺した。

（どうして、こんな場所にあいつが……！）

間違いない。ミュアと話すあの声は、レン・アッシュベルのものだ。

カミトに〈闇の烙印〉を刻み、エストを失う原因を作った張本人。

（くそっ……）

本当なら、いますぐにでも出ていって問い詰めたいところだ。

だが、いまのカミトは精霊を使役して戦うこともできない。

それに、一緒にいるフィアナを巻きこむわけにはいかなかった。

内心の苛立ちを抑え、そのまま、じっと気配を殺していると――

やがて、二人の声は聞こえなくなった。

「……行ったみたいだな」

「ええ」

カミトはふっと息をつき、警戒を解いた。

「――あいつら、いったいなにをしてたんだ？」

「なにかの儀式魔術……かもしれないわね」

「儀式魔術？」

「ええ、精霊語の詠唱のようなものが聞こえたわ。普通の精霊語とはちょっと違ったようだけど……なんだか、肌が粟立つようなおぞましい感じがした」

フィアナが怯えるように肩を震わせた。

「なんでこんな場所で儀式魔術なんて――」

カミトが眉をひそめると、

「と、ところで、カミト君――」

「ん？」

「い、いつまで私を抱きしめているのかしら？」

「……わ、悪い！」

ぽっと頬を赤らめるフィアナから、カミトはあわてて手を離した。

◇

「もうっ、なによなによ、カミトのばかっ！」

部屋に戻ったクレアは不機嫌そうにつぶやきながら、ぽふっとベッドにダイブした。

エリスとリンスレットはそれぞれ、応援に来た家族に会いに行っているので、いま部屋にいるのはクレアとスカーレットだけだ。

「ばか……」

うつぶせになったまま、むぎゅっと枕を抱きしめる。

理由を考えれば、クレアが置いていかれたのはしかたない。

……でも、なんだか一人だけ仲間外れにされた気分だった。

「あ、あの二人、いまごろなにしてるのかしら……」

部屋を出ていく直前、フィアナはカミトの腕に胸を押しつけていた。

あのとき、カミトは驚きながらも、なんというか、まんざらでもない感じだった。

「べ、べつに、あいつがエロ王女となにをしようが、あたしには関係ないけどっ……」

……でも、なんだか、胸のもやもやがおさまらない。

「……や、やっぱり、男の子って大きい胸の娘が好きなのかしら？」

古代図書館で禁断の書物を読んでしまったためか、いつも以上に、成長しない自分の胸の大きさのことが気になった。あの書物には、姫巫女の身体を使っておこなう様々な種類の秘密の儀式が記されていたのだ。

「し、信じられないわっ……胸で、あ、あんなものを、は、挟むなんて……！」

少し想像してみただけで、身体が火照ってしまうくらい恥ずかしい。

「挟むなんて……」

ふよふよっ。

ためしに、自分の小さな胸をちょっと触ってみる。

……だめだ。こんな小さな胸では、とてもあんなふうには挟めそうにない。

せいぜい擦りつけるくらい――

「ふぁっ……な、なに考えてるのよ！」

顔を真っ赤にして、ぽふぽふと枕を叩く。

「ニャー?」

「ス、スカーレット!　あっちいってなさい!」

クレアが枕(まくら)を投げると、スカーレットはあわてて部屋を出ていった。

「……」

本当に誰(だれ)もいなくなった部屋の中で。

「……あ、あの本に書いてあった方法、た、試してみようかしら」

クレアはゴクリと唾(つば)を呑(の)みこんだ。

例の禁書には、胸を大きくする秘術についても記されていたのだ。

クレアは学院の成績トップの優秀さをいかんなく発揮し、エリスとリンスレットに気付かれないように、密(ひそ)かにその内容を暗記していた。

「……も、ものはためしよね」

こほんと咳払(せきばら)いして、鞄(かばん)の中から小さな石をとりだした。

低級の〈雷精霊〉を閉じこめた精霊鉱石だ。精霊鉱石自体は高価だが、別段めずらしいものではない。本来は森の獣を威嚇するときなどに使うものだ。

それを、クレアは白い下着の上から、そっと胸に押しあてた。

「んっ……」

石の尖端(せんたん)が軽く擦(こす)れてちょっと痛いが、我慢する。

指先に意識を集中し、精霊鉱石に神威を流しこんだ。

普通は一気に流し込み、中に閉じこめた精霊を解放するのだが、あえて神威の放出を抑えるのがコツらしい。繊細なコントロールが要求される技だが、優秀な精霊使いであるクレアには造作もないことだ。

「こ、こんなので、本当に胸が大きく……ぁんっ！」

瞬間、閉じこめた雷精霊が反応し、全身に微弱な電流が駆けめぐる。

痺れるような甘い感覚に、指先がビクッと震えた。

「な、なにこれっ……ふぁんっ、あっ……！」

電流を放つ精霊鉱石を胸に押しつけたまま、くねくねと悶えるクレア。

「あ、ひぁうんっ、はぁ、はぁ、ん……あむっ……」

はぁはぁと息を荒げ、耐えきれずにベッドのシーツを掴む。

「が、がまん……しなきゃ、む、胸を大きくするためよ……あ、ひゃうんっ！」

ひときわ強い電流が流れ、身体がビクンッとのけぞった。

（ど、どうしよう、これっ、ぜんぜん止まらないっ……！）

甘く疼くような未知の感覚に、だんだん意識が危うくなってくる——

『——なんだ？　おまえ、俺にこういう風にされたかったのかよ？』

そのとき、クレアの脳裏に思い浮かんだのは、なぜかカミトの顔だった。想像の中のカ

ミトは、愛読するロマンス小説に出てくる伯爵みたいな冷酷な表情をしていた。

『ち、違うわよ、ばかっ……こ、こんなこと、もうやめなさいよっ！』

『ふーん、本当にやめていいのか？』

『え？　……ぁんっ♪』

『おいおい、なんて声あげるんだよ？　はしたないお嬢様だな』

『ううっ……だ、だって、あんたが、あふぅ……』

『もうすこし素直になったらどうだ、お嬢様？』

『す、素直にって……ひゃうっ、あんっ♪』

「あ、あの……」

「……ぁ、ふぁんっ、カミトの、ばかぁっ……」

「あのっ、クレア様？」

「……っ!?」

聞こえてきた声に、クレアはハッと我に返った。

部屋の外に、荷物の箱を抱えた姫巫女の少女が立っていた。

「ふああっ……な、なによ!?」

「す、すみませんっ！　鍵が開いていたものですから――」

あわててぺこぺこ謝る少女。

「な、なにか用……かしら？」

クレアはベッドの上で居ずまいを正すと、こほんと咳払いして言った。

「は、はい、これをお持ちするようにと――」

少女は抱えていた荷物をドアのそばの棚に置く。

箱にはクレアのよく見慣れた紋章が捺印されていた。

「グレイワース学院長からだわ。……なにかしら？」

クレアが箱を開けると、中には大量の本や資料が入っていた。

◇

「――聖女アレイシアの夢を？」

「ああ、ちょっと気になってな」

暗い洞窟の中を歩きながら――

カミトはフィアナに、今朝見た夢のことを話していた。

聖女アレイシアが伝説の〈魔王殺しの聖剣〉を手に、魔王に戦いを挑む夢。

あの夢の内容が、なにかエストに関係あるかもしれないと思ったのだ。

「たしかに、気になる夢ね……」

フィアナはちょっと考えこむように顎に手をあてた。

「ひょっとすると、カミト君の意識がエストの意識と混線したのかもしれないわ」

「どういうことだ？」

精霊に関する学問的なことには疎いカミトだが、元エリート姫巫女であるフィアナは、そういったことについて詳しいようだ。

「精霊使いと契約精霊は、夢の中で意識が繋がることがよくあるの。とくに本来、両者を繋ぐべき〈門〉が閉ざされているときは、それが顕著になるそうよ」

フィアナは人差し指を立てて説明し、

「私も精霊契約の力を失っていた頃、戦場を駆ける騎士の夢をよく見たわ」

騎士というのは、彼女の使役する〈ゲオルギウス〉のことだろう。たとえ精霊契約の力を失っている時でも、繋がりが完全に断たれるわけではないということか。

「あの夢は――エストの記憶なのか？」

だとすれば、エストは本当にあの〈魔王殺しの聖剣〉なのだろうか。

「そうね、正確にはカミト君の記憶と交じったイメージのはずだけど――」

そこで、フィアナはぴたっと足を止めた。

「いまのカミト君の気持ちはわかるわ。……私も同じだったから」

「フィアナ……」

カミトも足を止めて振り向く。

かつて、ルビアのあとを継ぐ精霊姫候補として期待された帝国の第二王女。だが、彼女が精霊契約の力を失い、喪失の精霊姫(ロスト・クイーン)となった途端、周囲の目は失望に変わった。

まだ幼かった彼女にとって、それはどれほど辛(つら)い経験だったのか――

「でも、フィアナは折れなかったんだよな」

「カミト君がいたからよ」

フィアナはまっすぐにカミトを見つめて言った。

「俺(おれ)が？」

「三年前のカミト君の剣舞は、喪失の精霊姫(ロスト・クイーン)と呼ばれていた私に希望をくれたわ。カミト君がいなかったら、私はいまもずっとお城に閉じこもっているままだった」

「そいつは、買いかぶりすぎだと思うぞ」

カミトはちょっと照れたように頭をかく。

「そんなことないわ。だって、私はあのときからずっと、カミト君のこと――」

そのとき。ちょうど二人の頭上で蝙蝠(こうもり)の群れが羽ばたいた。

「きゃあっ！」

悲鳴を上げるフィアナ。

カミトは灯明(ランタン)を振り回し、蝙蝠の群れを追い払った。

「……もう大丈夫だ。えっと……なにかいったか？」

「な、なんでもないわっ」

フィアナは拗ねたようにつぶやくと、ふたたび歩きだした。

……しばらく、二人の足音だけが響く。

「そういえば、クレアたちには話さないの？　カミト君の正体」

唐突に、フィアナはそんなことを訊いてきた。

「ん、ああ……その、夢を壊しちまうのも悪いしな」

憧れは、憧れのままにしておいたほうがいい。

三年前の最強の剣舞姫はもういない。

彼女たちの心の中にいればそれでいい。

「それに、俺が女装してたなんてことがバレたら、絶対からかわれるだろ」

自分の格好を見下ろしながら、憮然として言うカミト。

「ふふっ、じゃあ私だけがカミト君の秘密を知っているのね」

フィアナは嬉しそうにぎゅっとカミトの腕を掴んだ。

「おい、足もと危ないぞ」

「大丈夫よ。転びそうになったらカミト君が守ってくれるわ」

「……おまえな。一応、お姫様なんだから、少しは男に警戒しろよ？」

「あら、好きな男の子の前では、お姫様も一人の女の子よ♪」

ぺろっと悪戯っぽく舌を出すお姫様。

そんな可愛らしいしぐさに、カミトの心臓はドキッと高鳴った。

「からかうなよ、お姫様」

「……もう、からかっているんじゃないのに」

◇

数十分後。二人はようやく大祭殿の抜け道までやってきた。

頭上には、細かい精霊語の彫られた石板が嵌めこまれていた。

ここから大祭殿の庭園に繋がっているらしい。

「カミト君、ちょっと肩車してくれるかしら」

「ああ、わかった」

頷いて、カミトはフィアナを肩に乗せた。

首筋にあたるふとももの感触にドキドキしてしまうのは許して欲しい。

「と、ところで、本当に顔とか隠さなくて大丈夫なのか？」

「そんなことしたら逆に怪しまれるわ。カミト君、女の子の私から見てもすごく綺麗なん

だから、もっと自信を持っていいわよ」

「褒められてもぜんぜん嬉しくないんだが……」

フィアナがなにか小さく呪文のような言葉をつぶやくと、石板に彫られた精霊語が青白く輝き、真ん中からふたつに割れた。

洞窟の中に、さっと明るい月明かりが射し込む。

外はすでに夜の闇に覆われ、広大な庭園には炎が焚かれていた。

「――誰もいないみたいね。いけるわ」

フィアナは地面の縁に手をかけ、そっと這い上がった。

カミトも跳躍してすぐあとに続く。

幸い、儀礼服は裾が長いので、上を向いてもフィアナの下着は見えなかった。

「残念だったわね。今日はカミト君の好きなガーターベルトを着けていたのに」

「べ、べつにガーターベルトは、す、好きじゃないからな！」

「あら、意外と図星だったみたいね」

「ぐっ……」

うめくカミトに、フィアナはくすっと微笑んだ。

地上に上がった二人は、すぐに庭園に面した柱廊のほうへ走った。

「なあ、もし正体がバレたら、ここを守る守護精霊全員と戦って逃げるのか？」

「堂々としていれば大丈夫よ」

小声で囁きかわしながら、石柱の並ぶ長い柱廊を歩いていく。

と、前方から一人の姫巫女が歩いてきた。

「……っ!?」

緊張にカミトの表情がこわばる。

少女はそのままどんどん近付いてきて――

すれ違う寸前、二人の横ですっと足を止めた。

「どちらへ？」

「レイハ様の寝所へ。少し気分がすぐれないとのことでしたので」

「左様ですか。お疲れ様です」

フィアナが涼しげな顔で答えると、姫巫女は一礼して去っていった。

「ね、大丈夫だったでしょ？」

「さすが、本物のお姫様は度胸が違うな。こっちは心臓が止まるかと思ったぞ」

男が〈神儀院〉の大祭殿に足を踏み入れるなど、前代未聞の大事件だ。

もし発覚すれば、よくて火炙りか……いや、考えるのはよそう。

「こっちよ」

前を歩くフィアナが小さく手をこまねいた。

先導されるままについていくと――

「……」

長い柱廊の最奥に、精緻(せいち)な彫刻のほどこされた壮麗(そうれい)な扉があった。

ほかの部屋の扉とは明らかに造りが別物だ。縁を飾るように嵌(は)めこまれているのは、貴重な高純度の精霊鉱石だろうか。

「……なあ、フィアナ？　いちおう訊(き)いておきたいんだが」

カミトはひきつった顔でフィアナのほうを向いた。

「なにかしら？」

「この扉、ひょっとして……いや、ひょっとしなくてもだな……」

「ええ、カミト君の想像の通りよ」

フィアナは悪戯(いたずら)っぽく肩をすくめてみせた。

「だって、私以上に位の高い姫巫女なんて、彼女たちくらいしかいないでしょ？」

「本気なのか!?」

「大丈夫。勝算はあるわ」

フィアナは正式な謁見(えっけん)の儀に則(のっと)って、扉を三度、規則的に叩(たた)く。

しばらく間があって。

やがて、壮麗な扉がゆっくりと開かれた。

カミトの目に飛びこんできたのは――

奥に向かって伸びる赤い絨毯。淡く輝く精霊鉱石の光。

厳かな静謐さに満ちた、神聖な空間だった。

部屋の最奥。薄い御簾の向こうに、小柄な人影が見えた。

「何用ですか？　食事は不要と申したはずですが――」

聖室に響く、鋭く厳しい声。

しかし、フィアナは臆することなく前に進み出ると、

「ひさしぶりね、レイハ。元気にしていたかしら？」

「……え？」

少女はあわてて御簾を上げ――そして、ぽかんと口を開けた。

「……嘘、フィアナ先輩!?」

◇

レイハ・アルミナス。

五大精霊王に直接仕えることを許された、〈精霊姫〉の一人。

大陸にたった五人しか存在しない、すべての姫巫女の頂点に立つ存在だ。

フィアナはたしかに、高位の姫巫女に会わせると言っていた。

だが、それがまさか現役の精霊姫だとは、さすがに予想していなかった。

「どうして教えてくれなかったんだよ」

「だって、教えてたらカミト君、ここに来ること反対してたでしょ？」

戸惑いを隠せないカミトだが、それは目の前に座る少女のほうも同じようで、そわそわと落ちつきなく視線をさまよわせている。

綺麗（きれい）に編みこまれた艶（つや）やかな黒髪。小動物のように可愛（かわい）らしい瞳（ひとみ）。

あでやかな真紅の儀礼服を纏（まと）うその姿は、羽をひろげた蝶（ちょう）のようだ。

年齢はひとつ年下の十五歳。ルビア・エルステインと並び、フィアナが〈神儀院（しんぎいん）〉時代に心を許していたもう一人の友人らしい。

彼女が仕えているのは〈火の精霊王〉――あの災禍の精霊姫（カラミティ・クイーン）の後任ということだった。

カミトはすでに自己紹介をすませ、変装を脱いで男であることも明かしていた。

カミトが男であることを知ったとき、レイハはその場で卒倒しそうになったが、フィアナのフォローのおかげでなんとか意識を保っているようだ。

「ご、ごご、ごめんなさいっ、わたし、お、男の人とお話するの初めてなので……」

「い、いや、大丈夫だ。こっちこそ、突然押しかけてすまない」

ぺこぺこと頭を下げてくる精霊姫に向かって、カミトもあわてて頭を下げた。

大陸最高峰の姫巫女だというのに、ずいぶん腰が低いようだ。

本当は美辞麗句を連ねた敬語で話すべき身分の娘なのだろうが、どうしても普通の女の子という感じしかしないので、カミトもつい普通に話してしまうのだった。

「ふふっ、レイハはあいかわらず可愛いわね」

フィアナは悪戯っぽく微笑むと、彼女の小さな胸をふよふよと揉んだ。

「ひゃうんっ！　せ、先輩っ、な、なにをするのですか！」

「胸もちょっと大きくなったんじゃない？」

「ぁんっ……そ、そんなことっ……！」

顔を赤らめて身悶えするレイハ。

……いくら昔の友人とはいえ、精霊姫にこんなことをしていいのだろうか。

額に冷や汗を浮かべながら、カミトはドギマギと目を逸らした。

しばらく旧交をあたためたところで——

「レイハ、あなたにお願いがあるの」

フィアナは真顔になって要件を切り出した。

「お願い——ですか？」

目をパチパチとさせるレイハ。

「ええ、あなたの力で彼の——カミト君の呪いを解いて欲しいの」

「……その殿方の呪いを？」

と、カミトのほうを向く火の精霊姫。

「俺の契約精霊が、呪いに囚われているかもしれないんだ。助けて欲しい」

カミトは床に手をついて真摯に頼みこんだ。

「私でも解くことのできなかった強力な呪いだけど、火の精霊王の祝福を賜ったあなたなら、あらゆる穢れを滅却することができるんじゃないかしら」

「たしかに、〈断罪の浄火〉を使えば、灰にできない呪いなどないでしょう」

ですが……と、レイハは困った表情を浮かべてうつむいた。

彼女がためらうのも当然だ。

いくら昔の友人であるフィアナの頼みとはいえ、〈精霊姫〉は公の立場にある存在。

精霊王から賜った力を、私情で使うことなど許されるはずがない。

……長い沈黙。そして――

「わかりました」

「え？」

ハッと顔を上げ、彼女の顔を見つめるカミト。

「今回だけ、特別ですよ。先輩の頼みですから」

火の精霊姫はため息をつくと、なにか決意を固めたように頷いた。

◇

それから、しばらくして――

「――それでは、儀式を始めましょう」

純白の儀式装束に着替えたレイハがカミトの前に正座した。

落ち着いたその立ち居振る舞いは、さっきまでのおどおどした少女とはまるで別人だ。

フィアナは儀式の邪魔にならないように、部屋の隅の離れた場所で見守っている。

「よろしく頼む。えっと……レイハ様」

「レイハで構いませんよ、カミト様」

火の精霊姫は穏やかに微笑むと、そっとカミトの手をとった。

「怖くないのか？　その、男の身体に触れるのは――」

「……正直、ちょっとだけ怖いです。でも、先輩の連れてきた人ですから」

「ずいぶんフィアナを信頼してるんだな」

「……はい。フィアナ先輩は、私のたった一人の味方でした」

遠い過去を思い出すかのようにつぶやく彼女。

二人のあいだには、ただの友人以上の絆があるようだ。

「それに、わかるんです。あなたは怖い人じゃないって」

「そうか？」

「これでもわたし、精霊姫ですよ。人を見る目には自信があります」

そう言ってにこっと微笑むレイハ。

思わず見惚れてしまうくらい魅力的な笑顔だった。

「さあ、上の服を脱いでください、カミト様」

「あ、ああ……」

カミトは頷くと、儀礼服の下に着ていた薄いシャツをはだける。

胸の心臓の部分に刻まれた〈闇の烙印〉は、どす黒い痣になっていた。

「きゃっ、す、すごい……！」

レイハは火照った頬を両手で押さえた。

「お、男の人の肌……は、初めて見ました……」

「そ、そうか……」

カミトは居心地悪そうに目を逸らした。

女の子にまじまじと裸身を見つめられると、なんだか妙に恥ずかしい。

「カミト君、顔が赤いわよ」

こほん、と部屋の隅でフィアナが咳払いする。

レイハはおそるおそるといった様子で、カミトの胸に手を触れた。

「……す、すごく、硬いんですね！」

「まあ、学院の訓練で鍛えてるからな……」

素肌の上を這う繊細な指先がこそばゆい。

指が痣の部分に触れると、疼くように鋭い痛みが走った。

そして、彼女は静かに目を閉じると、厳かに精霊語の呪文を詠唱しはじめた。

「この世にあまねく炎を司る、至上の王。苛烈な処罰者にして偉大なる戦士よ――」

〈火の精霊王〉に捧げる儀礼の言葉。

途端、聖室の空気が一変したのをカミトは感じた。

レイハの髪が風に煽られたように激しく舞い、指先に蒼白い炎が灯る。

「あらゆる罪を贖い、あらゆる穢れを滅ぼす、〈断罪の浄火〉よ――」

可憐な唇から紡がれるのは、精霊語の中でも最上級の古代精霊語。

その姿は、まるで何かに憑依されているかのようだ。

「……あぐっ、う……！」

カミトの口から苦痛の声が洩れた。

彼女の指先から放たれる蒼白い炎が、皮膚を焼き、肉を焦がす。

「くっ……あああああっ、あああ――っ！」

想像を絶するような激痛に、喉の奥から獣のような咆哮がほとばしる。

激しい耳鳴り。頭蓋の奥で火花が散る。全身の毛穴から汗がとめどなく噴き出し、筋肉が骨を挽き潰すような音をたてた。

「塵は塵に、灰は灰に！　我が焔は闇を祓い、呪詛すらも焼き尽くさん！」

刹那、カミトの胸に刻まれた〈闇の烙印〉が激しく燃え上がった。

「……――っ！」

声にならない咆哮。

途切れかけた意識の片隅で――右手が微かに疼くのを感じた。

（――まさ……か、エストの精霊刻印が……!?）

視界の端に、輝く精霊刻印を目にした瞬間――

カミトの意識は途切れ、闇の中に落ちていった。

# 第六章　聖剣の記憶

いつまでも、底のない闇に落ちていく感覚。

まとわりつく粘性の闇の中で、カミトは目を開いた。

時間の感覚がない。もう何時間くらい落ち続けているのか、それともほんの数秒のことなのか、それすらもわからない。

その中で、闇に呑まれそうになっている、ひと振りの剣を見つけた。

精霊語の銘の刻まれた、美しい剣だ。

その剣を見た途端、全身の細胞が一気に覚醒する。

（――エスト！）

直感的に確信した。

重くまとわりつく闇を手で払い、剣に近づいていく。

だが、その柄を掴もうとした瞬間。

剣が激しい閃光を放ち、伸ばしたカミトの手を弾いた。

「なっ!?」

指先に鋭い痛みが走る。

それは、明確な拒絶の意志だった。

「エスト、どうして――」

「――カミト、私はカミトの剣となることはできません」

「エスト、どういうことだ!?」

「――私は思い出してしまいました。決して赦(ゆる)されることのない、私の罪を」

「罪？」

それは、美しく輝く白銀の剣には、ひどく不釣り合いな言葉だ。

「私は、もう二度と繰り返したくない。だから――」

（……なん……だ……？）

頭が割れるように痛い。

膨大なイメージの奔流が流れこんでくる。

（……これは、エストの記憶なのか!?）

◇

それは、遠い昔の出来事。

大陸がいくつもの小国に分かれて戦乱に明け暮れていた時代。

伝説の聖剣と一人の少女の話だ。

アレイシア・イドリース――その少女は、辺境の名もなき村で生まれ育った。

輝く金髪が自慢の、愛らしい顔立ちをした羊飼いの少女。

彼女は普通に育ち、普通に恋をして、普通の幸せを手に入れるはずだった。

そんな少女が、聖女と呼ばれるようになったのは、十四歳のときだ。

山の中へ薪（たきぎ）を拾いにきていた彼女は、古い祠（ほこら）の中で一本の剣を見つける。

何百年もの間、誰（だれ）も抜くことのできなかった聖剣。

そこに強大な精霊が封印されていることすら知らずに、少女は剣を手にとった。

その瞬間、眩（まばゆ）い光とともに、剣の精霊があらわれた。

「あなたは誰？」

訊（たず）ねる少女に、剣の精霊は答えた。

「私はあなたの剣。契約者たるあなたに私の全（すべ）てを捧（ささ）げましょう」

伝説の剣の精霊がなぜ、平凡な羊飼いの少女を契約者として選んだのか、少女にはわからなかった。けれど、少女は無邪気にその契約を受け入れた。

少女はただ、寂しかったのだ。

剣の精霊には一切の感情がなく、契約者である少女に従順に従った。

彼女は普通の精霊ではなく、ずっと昔に起きた戦争のために創（つく）られた精霊兵器らしい。

だから感情は不要なのだと、冷たい声で説明した。

けれど、普通の羊飼いとして育ってきた少女に、そんな難しいことはわからない。

そんなことはどうでもよくて――

少女にとっては、女の子の友達が初めてできたということが、ただ嬉（うれ）しかった。

「あなたの名前は？」

「私の真名は人間の言語では発声できませんが、精霊語では〈テルミヌス・エスト〉と」

「テルミヌス・エスト……ちょっと長いから、エストね」

「エストではありません。テルミヌス・エストです」

「だめよ、それだと呼びにくいじゃない。あなたの名前はエストよ」

少女はにこっと微笑（ほほえ）み、エストの頭をすりすり撫（な）でる。

「やめてください、マスター」

無表情に抗議するエスト。

それが、救世の聖女（セイクリッド・クイーン）と伝説の聖剣の出会いだった。

名もなき羊飼いの少女が、伝説の剣の精霊と契約を交わしたことは、国中に伝わった。

民衆は少女を救世主として祭り上げた。精霊使いの血統でもない少女が、伝説級の精霊

と契約したという事実――少女が聖女になるには、それだけで十分だったのだ。

精霊使いがほとんどいなかった時代、人々は荒ぶる精霊に苦しめられていた。

少女は強大な剣精霊の力を使い、各地で精霊を鎮め、あるいは討伐していった。

人々は彼女を讃(たた)え、少女のことを〈救世の聖女(セイクリッド・クイーン)〉と呼んだ。

辛(つら)いときも、苦しいときも、少女は笑顔で人々を励ました。

ときには、妬(ねた)まれることも、恨まれることもあった。あるいは、栄誉だけを目的に彼女に近付いてくる者も多くいた。

それでも、少女は剣を手に戦い続けた。

「マスター、なぜあなたは彼らのために戦うのですか?」

あるとき、剣の精霊は彼女に訊(き)いた。

戦う理由――精霊兵器である彼女が、そんなことを疑問に思ったのは初めてだった。

「私にしかできないことだからよ。だから戦うの」

「私にはわかりません。ですが、私はマスターの剣ですから、マスターに従います」

「そんな悲しいことを言わないで、エスト。あなたは私のたった一人の友達なんだから」

「……友達?」

「さあ、ご飯にしましょう。今日はおいしいパンが焼けたの」

「何度も言いますが、私は人間の食事を必要としません」

「……一人で食べても寂しいじゃない。一緒に食べてよ、ね？」

「……それがマスターの命令でしたら」

剣の精霊は無表情に頷く。

しかし、その顔には困惑の色が見てとれた。

わずかに生まれた、感情の片鱗らしきものが。


聖剣を所有する少女の評判は、やがて大陸中に伝わった。

折しも、大陸は史上最悪の魔王の脅威にさらされている最中だった。

大国による魔王討伐軍が何度も編成され、そのことごとくが失敗に終わった。魔王麾下の精霊の指揮する軍団の前に、各国の軍は何度も敗れ去っていた。

やがて、人々は一人の少女に希望を託すようになった。

まだ十四歳の、恋さえも知らない少女に。

「エスト、私は戦うわ。世界中の苦しんでいる人のために」

「はい。私はあなたの剣――あなたの望むままに」

そして、少女は血にまみれた戦の中に身を投じることになる。

後の時代に〈魔王殺しの聖剣〉と呼ばれる剣精霊は、すべてを見ていた。

その先に待ち受ける悲劇からも、決して目を逸らすことはできない――

◇

「——君、カミト君！」

「う……」

カミトが目を開けると、心配そうなフィアナの顔があった。

「カミト君、大丈夫？」

「俺、気絶してたのか……」

「ええ、ほんの数分だけど」

「そうか……」

感覚としては数時間ほど意識を失っていたように感じたが、錯覚だったらしい。

カミトの横ではレイハが荒い息をついていた。

「カミト様の〈闇の烙印〉の破壊には成功しました」

「……本当に？」

はだけた胸に手をあててみると、烙印の痕はたしかに消えてなくなっていた。

「はい、ですが……」

と、レイハは目を伏せてつぶやく。

「カミト様の契約精霊は、おそらく、まだ……」

「……」

カミトは右手の精霊刻印に目を落とした。

さっきはまばゆい閃光を放った精霊刻印だが、いまはなんの反応もない。

「エスト……」

「カミト様、意識を失っているあいだに、なにか見ませんでしたか？」

「なにか……」

カミトはズキズキと痛むこめかみを押さえ――

そして、ハッと思いだした。

「……そういえば、エストの記憶を見た」

無明の闇の中に沈んでいった剣。

エストを掴もうとしたとき、彼女はたしかにカミトを拒絶した。

そのときに、彼女の記憶をかいま見たのだ。

エストの最初の契約者となった少女との、想い出の記憶を。

だが、それが、どうしてカミトを拒否することになるのかわからない。

「決して赦されない罪……か」

……その罪というのが、エストを闇の中に縛り付けているのだろうか。

「くっ……」

そのとき。突然、レイハの身体が床にくずおれた。

「大丈夫か!?」

カミトはとっさに抱きかかえる。

彼女はくたっと脱力したように華奢な身体をあずけてきた。

「寝所にいくか?」

「は、はい、すみません。すこし疲れてしまったみたいです……」

「儀式魔術は体力を消耗するのよ。それに昨日、精霊王の託宣を受けたばかりだし」

「悪い……俺のせいで……」

「いいえ、わたし、もともと身体が弱いほうなんですよ」

あわてて首を振るレイハを、カミトは寝台の上に横たえた。

「そろそろ時間ね。精霊姫の側仕えが来る頃よ」

「ああ、わかった」

カミトは頷くと、レイハに頭を下げた。

「レイハ、助かった。この恩は忘れない」

「いえ、そんな……」

「また会いにくるわ。今度は〈精霊剣舞祭〉の優勝者としてね」

横たわるレイハとフィアナが固い握手をかわす。

「はい。公の場で特定の国の代表を応援することはできませんが、私個人としては、先輩のチームを応援していますから」

◇

学院からクレアの部屋に届けられたのは、敵チームに関する最新の資料だった。

「とりあえずは、カミトを外した戦略を立てておく必要があるわね……」

誰(だれ)もいない部屋で一人、クレアはその資料を前に戦術を考えこんでいた。

「攻撃役(アタッカー)がエリスだけだと厳しいわね。あたしが前に出て攻撃役を兼ねるか……」

これまでは、圧倒的な実力を持つカミトを単独で突出させ、他(ほか)の四人で支援するフォーメーションを組んでいた。だが、カミトがエストを召喚することができない以上、同じ戦法をとるわけにはいかない。

そこで考えたのは、中衛で指揮を執るクレアが前衛となって、エリスと二人で戦線を構築する陣形である。突破力ではカミトの一点攻撃型(ワントップ)には遠く及ばないが、もともと火属性と風属性のコンビネーションは相性がよく、変化に富んだ攻撃を繰り出せるはずだ。

「けど、そうなると後衛のフィアナが不安なのよね」

学院での戦闘訓練をほとんど受けていないフィアナの役割は、後衛で支援演舞を舞い、契約精霊の力を増大させることだ。これまでは、中衛のクレアがフィアナの護衛を兼ねていたが、クレアが前線に出てしまうと、そこまで手が回らなくなる。となると、スナイパー兼支援砲撃担当のリンスレットだけで彼女を守れるかどうか。

「……これも再考ね」

クレアはメモをとっていた紙をまるめて投げ捨てた。

ぽてっ……と床に落ちた紙くずを、スカーレットが燃やして灰にする。

「なかなかうまくいかないものね」

どの陣形も一長一短。最適な答えが見つからない。

「……それだけ、カミトとエストに頼ってたってことよね」

クレアはため息をつくと、学院から提供された資料を手に取った。

ただチームの戦術を考えるだけではない。数日間にわたる戦いとなれば、敵の情報も分析し、弱点を見つけ出さなければならない。

（当然、最も警戒すべき相手は――）

クレアは紙束の一番上をめくった。

アルファス教国代表チーム。

あの最強の剣舞姫（レン・アッシュベル）の所属する〈煉獄の使徒（チーム・インフェルノ）〉の資料だ。

だが、そのほとんどは白紙。所属するメンバーの名前さえわからない。

唯一、まともに戦力が把握できているのは、昨晩クレアたちを襲った軍用精霊使いの少女、ミュア・アレンスタールだけだ。あのクラスの精霊使いがほかに三人もいると仮定すると、正直、勝つ算段が見つからない。

「とりあえず、これは保留ね」

その資料を脇(わき)に置き、ほかの資料に目を移す。

精霊剣舞祭(ブレイドダンス)に参戦するのは全部で二十四チーム。各国につき一枠が原則だが、オルデシア帝国のように、優秀な精霊使いを多く抱える大国は複数の枠を持っている。

東方のクイナ帝国とロベルカ群島国が二枠。三枠を持っているのは、オルデシア帝国の他(ほか)には神聖ルギア王国だけだ。

中でも警戒しなくてはならないチームは、クイナ帝国の〈四神(スーシン)〉、神聖ルギア王国の〈聖霊騎士団〉、今大会では最年少の天才精霊使い、ミラ・バセットを擁するロッソベル公国の〈破烈の師団〉。

そして――

「――筆頭は、ドラクニア竜公国の〈竜皇騎士団〉」

ドラクニアは過去の精霊剣舞祭で何度も優勝実績のある強国だ。

それに、レオノーラ・ランカスターの実力は、クレア自身が間近で垣間見(かいまみ)ている。

飛行艇を襲った軍用精霊を消滅させた、竜精霊〈ニーズヘッグ〉の圧倒的な火力。

学院から提供された資料には、彼女の実力はランクAAA相当と記されていた。

クレアの学院での格付けはAA。エリスも同じくAAで、リンスレットがA。フィアナはランクDだ。もっとも、フィアナの成績は、不正入学をしたときのものなのであてにはならないが。ちなみに、たった一人で〈チーム・スカーレット〉の四人を圧倒したヴェルサリア・イーヴァはAAAに格付けされている。

無論、この格付けは、学院の講師が総合的に判断したもので、そのまま精霊使いとしての強さをあらわすわけではない。例えば、リンスレットはクレアよりも一段下に格付けされているが、普段の喧嘩の戦績はほぼ五分五分といったところだ。

「……まずまず、妥当な評価ってとこかしら」

レオノーラ・ランカスターは優秀な精霊使いだ。それは間違いない。

だが、各国から最も優秀な精霊使いの集う〈精霊剣舞祭〉においては、そこまで突出した存在でもないという印象を受けるのも確かだった。

しかし、レオノーラに関する資料には、気になることが記されていた。

それは、彼女の特異な血統に由来する異能力――〈竜の血〉に関する記述だ。

その異能を発現した場合におけるレオノーラの格付けに、クレアは目を見張った。

「――ランクS」

歴史上、その称号を与えられた精霊使いは、数えるほどしかいない。近年では、若き日のグレイワース・シェルマイスがSS(ダブルエス)を付けられているが、あれは例外中の例外だ。

レオノーラが公の場でその異能を発現させたのは、十四歳のときらしい。竜皇騎士団の入団試験中に覚醒(かくせい)した彼女は、わずか数分でほかの候補生を全滅させたという。

この資料によれば、〈竜の血(ドラゴンブラッド)〉は能動的(アクティヴ)な異能ではなく、ほとんど暴走に近いようなものであるらしいが——

「できることなら対戦したくない相手ね」

クレアはため息をつくと、読んでいた資料をテーブルの上に放(ほう)った。

そのとき。部屋のドアが開いて、制服に着替えたカミトが戻ってきた。

「カミト……って、ちょっと、ふらふらじゃない！」

クレアは椅子(いす)から立ち上がると、あわてて駆けよった。

「……解呪(かいじゅ)の儀式で、思いのほか体力を消耗したみたいだ」

カミトは制服姿のまま部屋のベッドに倒れこむ。

「〈闇の烙印(やみのらくいん)〉は？」

「ああ、フィアナの紹介してくれた姫巫女(ひめみこ)のおかげで、無事に破壊することができた」

カミトが胸をはだけて傷痕(きずあと)をみせると——

「きゃっ！」

「なんか可愛い声が出たな……」

「あ、あんたがいきなり服を脱ぐからでしょ！」

クレアは頬を赤らめて文句を言った。

鍛えられた腹筋にちらっと目をやって……なぜか、ドキッと胸が高鳴る。

「けど、エストはまだ――」

カミトはうつむいて、首を横に振った。

「そう……」

気落ちした様子のカミトを見ていると、クレアの胸も痛くなった。

カミトは強い。それはもう、同世代の学院生などとは比べものにならないほどに。

だから、ときどき忘れそうになる。

彼も自分たちと同じ、傷つきやすい十六歳の少年なのだということを。

クレアはベッドの隅にピョンと飛び乗ると、そっとカミトのそばに寄り添った。

「大丈夫よ、エストはきっと戻ってくるわ」

「クレア……」

カミトはハッと顔を上げると――

「……おまえ、パンツ見えてるぞ」

「……え？　ふああっ、ば、ばかっ、変態っ！」

◇

舞踏会の音色が響く城館の庭園に――

真紅の仮面の少女がたたずんでいた。

「いよいよ始まるわね、レン・アッシュベル」

「ああ」

その背後に黒翼の天使が舞い降りる。

闇色の髪と黄昏色の瞳をした少女、闇精霊レスティアだ。

「カミトはあなたの試練に耐えたようね」

「あの剣精霊が闇の力を抑え込んだのは想定外の出来事だ。だが、所詮は一時的な対処にすぎない。一度開いた〈門〉は二度ともとに戻らない」

レン・アッシュベルは冷酷に言い捨てた。

「彼が本当に闇に呑まれたら、あなたの計画に支障が出るんじゃないの？」

「あの男がその程度の器であれば、どのみち切り札とはなりえないさ」

「彼に仕える精霊姫は用意できたの？」

「すでに候補は考えている。おまえの関知するところではない」

「――それは、あなたの妹君のことかしら？」

途端、周囲の木々が突然燃え上がった。

木々は一瞬で炭化して地面に落ちる。

「口には気をつけたほうがいいぞ、闇精霊」

「あら怖い。冗談なのに」

闇の中からくすくす笑い声だけが反響する。

いつのまにか、黒翼の闇精霊は目の前から姿を消していた。

レン・アッシュベルは舌打ちすると、庭園の茂みのほうへ目を向けた。

「――盗み聞きとは趣味が悪いな、竜の娘よ」

「戯れ言を。とっくに気付いていたのでしょう？」

茂みの陰からあらわれたのは、ドラクニア代表のレオノーラ・ランカスターだ。

紅く輝く彼女の瞳が、レン・アッシュベルを見据えていた。

殺気と呼ぶにもなまぬるい気配。気付かぬ者などいるはずがない。

彼女の手には、巨大な魔剣――精霊魔装〈竜殺しの聖剣〉が握られていた。

「――ずいぶんと昂ぶっているようだな。用向きは何だ？」

「私の中の〈竜〉が、強者との戦いを欲しています。ぜひ手合わせ願いたい」

口調こそ丁寧だが、その声音からは隠しきれない興奮が感じられる。

血と戦いに飢えた狂戦士の瞳。普段のレオノーラを知る者が見れば、いまの彼女を別人と思ったことだろう。

「ドラクニアに伝わる竜の血脈を継ぐ娘か――面白い」

レン・アッシュベルが真紅の仮面の奥で興味深そうにつぶやく。

「さあ、剣を抜きなさい、最強の剣舞姫（レン・アッシュベル）！」

レオノーラが精霊魔装（エレメンタルヴァッフェ）の剣を構えた。かろうじて理性で抑えつけているようだが、いつ斬（き）りかかってもおかしくない雰囲気だ。

「身の程をわきまえるがいい。貴様ごときに〈神殺しの焔（レーヴァテイン）〉を使う価値はない」

「後悔、しますよ……レン・アッシュベル！」

衝動に呑（の）まれたレオノーラが一気に踏み込んだ。

肉体の限界を遙（はる）かに超えた神速の斬撃（ざんげき）。

一瞬後、庭園の石床が無数の破片となって砕け散る――！

だが。

「いい動きだ。しかし、剣で焔（ほのお）を斬ることはできない」

そこに最強の剣舞姫（レン・アッシュベル）の姿はなかった。

「……っ!?」

振り向くレオノーラ。刹那（せつな）、その胸部に強烈な掌打（しょうだ）が撃ちこまれる。

「かっ……は……！」

身体をくの字に折ったレオノーラの耳もとで、仮面の少女は囁く。

「あるいは、〈魔王〉に〈竜〉をぶつけてみるも一興か。これほどの力であれば、彼の覚醒の一助となるかもしれん」

「……な……にを……」

レオノーラの胸部に掌をあてたまま、彼女は短い呪文を詠唱した。

五本の指先に小さな黒い焔が生まれ、レオノーラの心臓に吸いこまれる。

「喜べ、竜の娘よ。貴様に相応しい相手を教えてやる」

「あ、あああああああああっ！」

庭園に少女の絶叫が響き――

そして、レオノーラは意識を失った。

◇

闇の中で――エストは膝をかかえてうずくまっていた。

カミトが手を伸ばしてくれたことが嬉しかった。

彼に必要とされているということが。

けれど、彼の想いにこたえることはできない。

エストの〈本体〉から送り込まれた罪の記憶が、エストを縛っていた。

――私が彼の剣になることは赦されない。

――私が彼の剣になることは赦されない。

――私が彼の剣になることは赦されない。

繰り返される無限の命令。

それは、剣精霊エストの存在そのものに刻まれた罪だ。

（……カミ……ト……私は、もう……）

闇の中で、エストは慟哭した。

◇

無数の屍が並ぶ丘の上で、救世の聖女は剣を大地に突き立てた。

民衆の期待する聖女の肖像とは裏腹に、彼女の純白の甲冑は血にまみれ、明るかったその表情はしだいに笑顔を失っていった。

少女の敵は魔王の軍勢だけではなかった。

いくつもの勝利と敗北、そして策謀と裏切りがあった。

いつしか、彼女にとって、信じられるのは共に戦う聖剣の少女だけになっていた。

「ねえ、エスト」

「なんでしょうか、マスター」

「いつまでも、私のそばにいてくれる？」

親友にだけ見せる、まだ羊飼いの少女だった頃の穏やかな笑顔。

「私はあなたの剣。あなたの命尽きるまで、あなたを守るでしょう」

「そうね、あなたは私の剣。いまはそれでいいわ」

無感情に答えるエストに、少女は儚げに微笑んだ。

「マスター？」

「でも、いつか魔王を倒してこの戦いがおわったら、あなたは私の――」


あのとき、彼女がなんと言ったのか――

それだけは、思い出すことができなかった。

# 第七章　本戦開始

緊張と興奮が大祭殿のホールを満たしていた。

ホールに集まっているのは、大陸各国から集められた大勢の観衆だ。

有力な王侯貴族、各国の精霊使い養成機関に所属する姫巫女たち、中にはアレイシア精霊学院の制服を着ている子女の姿もちらほら見受けられる。

剣舞を舞う代表メンバーは、ホールの中央にある祭壇の上に集められていた。

観客のほとんどは高貴な身分の者であるため、下品な野次を飛ばす者はいない。有名な精霊使いにはファンがついているらしく、各国の代表チームが姿をあらわすたびに、少女たちの黄色い歓声が聞こえてきた。

「お嬢様、がんばってください～！」

「お姉様の勝利を信じて待っているわ！　ローレンフロストに栄光を！」

観客の最前列で、キャロルとミレーユが白狼の描かれた旗を振っていた。

「も、もう、あの子たち……恥ずかしいですわっ！」

リンスレットは頬を赤らめ、カミトの背後にさっと隠れる。

「カミト、気をつけろ。君はずいぶん注目されているようだ」

「ああ、わかってる」

エリスの囁きに周囲を見回すと、カミトを観察するような視線を複数感じた。

レオノーラたち以外にも、昨日のミュアとの戦闘を覗き見していた集団がいるようだ。

（俺がエストを失ったことまでは、知られていないようだが……）

もしカミトの状態を把握しているのであれば、いまのように警戒するような視線ではなく、獲物を見つけた鷹のような視線を向けてきたことだろう。

「ふふっ、カミト君は人気者ね」

フィアナがからかうように言ってきた。

ホールには〈煉獄の使徒〉以外の二十三チームがすでに集まっていた。

中でも圧倒的な存在感を放っているのが、ドラクニアの竜皇騎士団だ。

レオノーラを筆頭に最精鋭の精霊使いが揃っている。竜皇騎士団は鉄の規律で動く軍隊組織。うわついた様子は一切なく、全員が直立不動で立っていた。

ふと、カミトはレオノーラと目が合った。

昨日、図書館で出会ったときとは、比べものにならないほど紅い瞳。

瞬間、背筋にゾッと冷たい怖気が走る。

なにか巨大な肉食獣に睨まれたような感覚だった。

「——ドラクニアの竜騎士は練度が高いな。レオノーラ以外の者もまるで隙がない」

敵チームを観察しながら分析するエリス。

「ええ、〈煉獄の使徒(チーム・インフェルノ)〉を除けば、竜皇騎士団は間違いなく優勝候補の一角よ。でも、警戒しなきゃいけないチームは他(ほか)にもあるわ」

クレアが小声で囁くと、フィアナとリンスレットも顔を寄せてきた。

「まずは、あたしたちと同じ学院代表の〈チーム・ワイヴァーン〉と〈チーム・ケルンノス〉。この二チームは同じ学院で何度か対抗試合をしてるから、こっちの戦力を詳細に研究されているわ。おまけに、樫の賢者(ドルイド)の娘は野外での戦いには絶大なアドバンテージがある。森の魔獣を操って、けしかけてくる可能性もあるわね」

しかも、あの樫の賢者(ドルイド)の少女の使役する獣群精霊には、一度、訓練で手痛い敗北を喫しているのだ。たしかに、なるべく戦いたくない相手ではあった。

次にクレアは異国風の衣装を纏(まと)ったチームに視線を向けた。

「あれはクイナ帝国の誇る〈四神(スーシン)〉。集団戦術の得意な強豪チームよ」

クイナ帝国は大陸の東方に位置する大国だ。オルデシア帝国をはじめとする西方諸国とは、まったく異なる文化を持つ国らしい。

「あの白髪(はくはつ)の娘がエースのシャオ・フー。神獣精霊〈白虎(びゃっこ)〉の使い手」

「四神(スーシン)？　チームの人数は五人なのにか？」

「きっと四神(スーシン)を統(す)べる精霊使いがいるんでしょ」

訊(たず)ねるカミトにそう答え、クレアは白い聖衣を纏(まと)った集団に目を移した。

「あれが神聖ルギア王国の聖霊騎士団。エースは前回準優勝者の聖騎士ルミナリスよ」

「げっ⁉」

その名前を聞いた途端、カミトはうめき声を洩(も)らした。

「カミトさん、どうしましたの？」

怪訝(けげん)そうに訊(き)いてくるリンスレットに、カミトはあわてて首を振る。

「い、いや、なんでもない……」

(たしか聖精霊の使い手だ。闇(やみ)属性のレスティアと相性が悪くてずいぶん苦戦したな)

本来、精霊剣舞祭(ブレイドダンス)が三年という短い間隔で開催されることは、きわめてまれだ。普通は数十年に一度、時代によっては百年に一度だったことさえある。

出場できる姫巫女(ひめみこ)の年齢は決められているため、前回戦った相手と再び剣を交えるという例はほとんどないはずなのだが、どうやら今回はかなり特殊なケースのようだ。

「彼女は十九歳だから、今回の精霊剣舞祭では最年長ね。三年前の決勝戦で敗れた雪辱を胸に、打倒レン・アッシュベルを誓っているらしいわ」

「そ、そうか……」

「カミト君、ずいぶん嫌そうな顔ね」

苦い顔になったカミトをフィアナがからかった。

「あとはロッソベル公国の〈破烈の師団〉。エースのミラ・バセットは今大会最年少の十三歳よ。ここ数十年で神聖ルギア王国から独立した新興国だから歴史は浅いけど、擁する精霊使いの実力はトップレベルといわれてるわ。ま、主要なチームはこんなところね」

「――あの連中は？」

カミトは、さっきから執拗にこちらを睨んでいるチームに目をやった。

「バルスタン王国の代表ですわね。彼女たちは王室直属の親衛隊なのですわ」

「俺たち、なんで睨まれてるんだろうな？」

「えっと……たぶん、あたしのせいだと思う」

クレアが言いにくそうに口を開いた。

「どういうことだ？」

「ほら、昨日の舞踏会で、あたし、あそこの国の王子を平手打ちしたから――」

「……ああ、なるほど」

カミトはようやく思い出した。

バルスタン王国の皇太子。興味本位でクレアを誘い、無礼なキスを迫った男だ。

「恥をかかされた逆恨みってことか」

「あのバカ皇太子、身の程を知るがいいですわっ！」

なぜかリンスレットがクレア以上に怒っていた。

「バルスタン王室から、報復するように命令が出ているのかもしれないわ。ごめん、あたしが余計な火種を作っちゃったみたいね」

「いや、あのときクレアが手を出さなかったら、俺があいつをぶん殴ってたよ」

「……え？　えっと、それって……」

クレアがカアッと顔を赤らめた、そのとき。

大祭殿の入り口付近でざわめきが生まれた。

「——ようやくお出ましか」

◇

レン・アッシュベルがホールに入ってきた途端、ざわめきは静寂に変わった。

彼女は、長い頭衣で全身を覆った四人の精霊使いを率いていた。

（あれが、〈煉獄の使徒〉か……）

カミトは息を殺して、その姿を観察した。

小柄な暗灰色の髪の少女の正体はすぐにわかった。

〈教導院〉の怪物——軍用精霊使い、ミュア・アレンスタールだ。

カミトと視線が合うと、すぐにふいっと目を逸らされてしまう。

そんなミュアの横を歩くのは、翡翠(ひすい)色の髪を垂らした長身の少女。エルフィム種族の特徴である尖(とが)った耳が頭衣の隙間(すきま)から飛び出している。エルフィム種族は森の中での隠密(おんみつ)行動を得意とするため、諜報(ちょうほう)を担当する精霊使いなのかもしれない。

もう一人は、目の醒(さ)めるような青い髪の少女だった。彼女だけは、頭衣のあちこちに金銀の豪奢(ごうしゃ)な飾りをつけ、手には派手な図柄の描かれた扇子を持っていた。

「アルファス教国王家の紋章――まさか、〈魔精霊使い(デモン・キャスター)〉のシェーラ・カーン!?」

「知ってるのか?」

尋ねると、クレアはこくっと頷(うなず)いた。

「教国の第一王女、〈黄昏の魔女(ダスク・ウィッチ)〉の後継者と謳(うた)われる精霊使いよ」

「ミュアのほかに、そんな奴(やつ)までいるのかよ……」

カミトは額(ひたい)の汗をぬぐいながらうめく。

だが、その三人を圧倒して、最も観衆の目を惹(ひ)いたのは――最後の一人だった。

それが姿をあらわした途端、静寂に満ちたホールに再びざわめきがわき起こる。

(……なんだ、あいつは!?)

全身を漆黒の甲冑(かっちゅう)で覆った黒騎士だ。

姿形が不気味なだけではない。全身に得体の知れない気配を纏(まと)っているのだ。

決してこの場にいてはならない存在――なぜか、そんな印象さえ受ける。

「なんて嫌な神威……」

感受性の強いフィアナがゾッと声を震わせた。

レン・アッシュベルはカミトに気付くと、真っ直ぐにこちらへ歩いてきた。

しん、と静寂がおとずれ、鉄靴の響きだけが鳴り響いた。

「カミト……」

「大丈夫だ」

不安そうなお嬢様たちを背後にかばい、カミトは一歩、前に出た。

そして、真紅の仮面の少女と対峙する。

「まさか、〈闇の烙印〉を破壊できる者がいるとはな」

「残念だったな。あんたの思惑通りにならなくて」

カミトは仮面の奥に輝く紅蓮の瞳を見返した。

「あの烙印は、あくまでおまえの中の〈魔王〉を目覚めさせるきっかけにすぎない。一度、開いてしまった〈門〉は、決してもとに戻ることはない」

「――あんたの言う魔王ってのは、いったいなんのことだ?」

レン・アッシュベルは仮面の奥で嗤うと、周囲には聞こえない声で囁いた。

「知りたければ、最強の剣舞姫、這いあがってくるがいい――最強の剣舞姫よ」

「最強の剣舞姫か。あんたが言うと最高の皮肉だな」

カミトは舌打ちして唸った。

「だが、明快でいい。あんたを倒せば、全部教えてくれるってわけか」

「契約精霊を失った状態で、たいした自信だな」

「エストは絶対に帰ってくるさ。あいつは俺の最高の相棒だ」

レン・アッシュベルはふっと肩をすくめて踵を返すと、無言で去っていった。

――そして、二人の最強の剣舞姫の短い邂逅は終わった。

大祭殿のホールに、ふたたびざわめきが戻ってくる。

篝火の焚かれた祭壇の上に、五人の精霊姫が姿をあらわした。

その中には、あのレイハ・アルミナスの姿もある。

昨日会った彼女は、おどおどした普通の少女という印象だったが、儀礼服を纏い、儀式を執り行う彼女は、最高位の姫巫女の貫禄がたしかにあった。

やがて、五人の精霊姫から、〈嵐の如き乱舞〉についての詳細が発表された。

剣舞を披露する舞台は、浮遊島の北にひろがる広大な森林地帯。

野生の魔獣や精霊が跋扈している危険区域だ。

フィールドは〈神儀院〉の姫巫女が総出で構築した封絶結界で覆われ、普通の方法では脱出することは不可能。各国代表はチームごとにランダムに転送され、七日間のあいだ、剣舞を奉納することになる。

大きな禁止事項はひとつ――精霊使いを殺してはならない。

〈精霊剣舞祭〉は、たんなる武芸の試合ではなく、清らかな姫巫女による儀式神楽だ。死によって、精霊王に奉納する儀式を穢すことがあってはならない。

勝敗を決めるのは、各代表に配られる特別な精霊鉱石――〈魔石〉の奪い合いだ。

所持のしかたは自由だが、いつも肌身離さず身につけていなければならない。

〈魔石〉が身体から離れた場合、一分以内に再び取り戻すことができなければ、この大祭殿に強制転送されてしまうという魔術がかかっているのだ。

そして、本戦開始から七日後。〈魔石〉を最も多く所有していた四組のチームが選抜され、精霊王の御前で最後の剣舞を奉納することになる。このとき、たとえチームの中に退場者が出ていたとしても、決勝には五人全員が進むことができる。

「――剣舞を舞う姫巫女に武運と加護を！」

精霊王の託宣を読み上げると、五人の精霊姫はいっせいに唱和した。

それが、本戦開始の合図となった。

割れるような大歓声の中、精霊使いたちは、祭壇の上の転送円に足を踏み入れる。

転送円の前で、カミトは仲間のお嬢様たちのほうを振り向いた。

「みんな、絶対優勝するぞ！」

「ええ♪」「ああ！」「ですわ！」「ちょっと、それ、あたしの台詞よ！」

オルデシア帝国の元第二王女、フィアナ・レイ・オルデシア。

風王騎士団(シルフィード)の騎士団長、エリス・ファーレンガルト。

ローレンフロスト家の長女、リンスレット・ローレンフロスト。

災禍の精霊姫(カラミティ・クイーン)の妹、エルステイン家のクレア・ルージュ。

そして、三年前の精霊剣舞祭の優勝者――カゼハヤ・カミト。

それぞれの〈願い〉を胸に、四人の少女と一人の少年は〈精霊剣舞祭〉に挑む。

◇

転送円に足を踏み入れた次の瞬間、目の前に不気味な森が広がっていた。

薄く霧のかかった視界。遠くから鳥や獣の鳴き声が聞こえてくる。

「森の中、か……敵チームが身を隠す場所はいくらでもありそうね……」

すぐ近くに転送されてきたクレアが、警戒するように周囲を見回した。

「風の精霊にあたりを探索させるか？」

「そうね……いえ、いまはやめておいたほうがいいかも。エリスの能力を信用してないわけじゃないけど、精霊魔術の行使は目立つから」

「……たしかに、そうだな」

クレアの指示に、エリスは素直に頷いた。

「みなさんの荷物は、わたくしのフェンリルが運びますわ」

リンスレットが指を鳴らし、白狼の姿をした魔氷精霊を召喚した。

吹雪を纏ったフェンリルが雄叫びを上げる。

途端、それぞれの鞄は大きく顎を開いたフェンリルの口に吸いこまれ、五人の荷物はたちまちその場から消えてしまった。

「便利だな」

「ローレンフロスト領では領民がよく遭難しますから、フェンリルに物資を運ばせて救助することもありますのよ」

リンスレットが頭をなでると、フェンリルは甘えるようにくぅんと鳴く。

「む、スカーレットも可愛いが、フェンリルも可愛いな……」

エリスがキュンとした表情でフェンリルを見つめていた。

「ローレンフロストって、冬は凍え死ぬほど寒いものね。っていうか、子供の頃あんたの実家に遊びに行ったとき、庭で遭難しかけたし」

「わたくしが発見したとき、泣きじゃくって抱きついてきましたものね。……ああ、素直で可愛かったあの頃のクレアはどこにいってしまったのかしら」

どこか遠い場所を見つめて嘆くリンスレット。

「あ、あんた……よ、余計なこと言うと消し炭にするわよ！」

「庭で遭難するってどんだけ広い実家なんだよ……」

そんな二人の横で、カミトは呆れてつっこんだ。

「わたくしたちも、早く野営地を見つけないと、凍死しかねませんわよ」

「ああ、そうだな」

カミトは頷いた。

ここは浮遊島の中でも風の精霊王の加護が弱いのか、かなり寒い。学院の制服には〈防寒〉の術式も編みこまれているが、さすがに、夜は耐えられない寒さになりそうだ。

「水源の確保も大事よ。できれば、近くに川か湖のある場所だといいんだけど」

クレアが言っているのは、飲み水のことだけではない。精霊使いの姫巫女は、頻繁に禊ぎをして身体の穢れを払う必要があるのだ。

「ともあれ、まずは周囲の探索ね。隊列はあたしが先頭、リンスレット、フィアナが真ん中で、エリス、カミトが最後列よ」

クレアが指示したのは合理的な隊列だった。

戦闘の苦手なフィアナを全員で護衛し、リンスレットは全方位に睨みを効かせられる位置にいる。索敵能力に優れたカミトが周囲を警戒し、単独での戦闘能力に優れたクレアとエリスが、それぞれ前後を固めるというわけだ。

隊列を組んだカミトたちは、警戒しながら森の中を進みはじめた。

◇

森の中を歩き続けて半刻ほど。

さっきから、カミトたちの周囲には、光球のような精霊が頻繁に飛び交っていた。

フィールドでの剣舞の映像を大祭殿に送るための使役精霊だ。

プライバシーのある空間には立ち入らないよう訓練されているらしいが、カミトたちが森を歩く姿は、今頃、あちら側のスクリーンに映っているに違いない。

「水辺がぜんぜん見当たらないわね。いったいどのくらいの広さがあるのかしら」

「相当広いはずだぞ。この〈浮遊島〉は小国並みの大きさみたいだからな」

前を歩くクレアにカミトが答える。

「早く地図を作成する必要がありそうですわね」

リンスレットが髪に絡んだ枝を払いながら言った。

「……ちょっと、足が痛くなってきたわね」

山歩きに慣れていないフィアナが痛みに顔をしかめる。

クレアたちと違って、編入生の彼女は学院での野外訓練をほとんど受けていないのだ。

「おぶってやろうか？」

「え？　い、いいわよ……」

カミトの言葉に、フィアナは顔を赤らめて首を振る。

「無理するなって。歩けなくなってからじゃ遅いぞ」

「で、でも、私……その、こんな短いスカートだし……」

「そ、そういえばそうだな……」

……いつもカミトをからかう王女様も、さすがにそれは恥ずかしいらしい。

「カミトっ、君はまた不埒なことを考えているのではあるまいな！」

エリスがスラッと剣を抜きかけた。

「か、考えてないぞ！　っていうかまたってなんだよ！」

「ふん、わ、私も足が痛い……かもしれないのだ」

エリスは拗ねたように唇をとがらせた。

さっきからの様子を見るに、とてもそうは思えなかったが、

「そ、そうなのか？　……でも、二人も背負うのはさすがに厳しいな」

「わ、わたくしも急に足が痛くなりましたわっ！」

「リンスレットもか!?」

「ええ、か、肩だけでも貸してくださると助かるのですけど」

「ああ、それくらいならいくらでも大丈夫だ」

「ほ、本当ですの？　で、では、お言葉に甘えますわ」

リンスレットは嬉（うれ）しそうに微笑（ほほえ）むと、すっと肩を寄せてきた。

「……っ！」

かすかに汗の匂（にお）いのする制服。

腕にあたるやわらかい感触に、ドキッと胸が高鳴る。

「……ず、ずるいぞ、リンスレット！　カミト、私にも肩を貸してくれ！」

よくわからない理由でエリスが腕を絡めてきた。

「じゃ、じゃあ……私も♪」

背後からはフィアナが首に腕を回してくる。

「く、苦しい……」

三人の美少女に抱きつかれ、苦悶（くもん）の声を上げるカミト。

「ちょっと、あんたたち！　隊列が乱れるでしょ！」

「ふふっ、素直じゃないわね。クレアも足が疲れたって言えばいいのに」

「なっ……ば、ばっかじゃないの!?　あたしは平気よ、一人で歩けるわ！」

くすくすとからかうフィアナに、クレアは顔を赤らめて怒鳴る。

「……」

と、カミトがふいに足を止めた。

「カミトさん、どうしたんですの？」

「静かに。……待ち伏せされてる」

「……っ!?」

三人は素早くカミトから離れると、それぞれ契約精霊を召喚した。

弦の糸がはりつめるような静寂。

（いや、これは静寂じゃない――沈黙だ）

カミトは感覚を研ぎ澄ませ、気配を探った。

（……気配が明らかな人数は二人。斥候隊か、それともほかに伏兵がいるのか）

「意外だわ。ずいぶん早く仕掛けてくるのね」

「ああ、序盤から動くのは得策じゃないはずなんだが――」

カミトが頷いた、次の瞬間。

「――来るぞ！」

閃光が爆ぜた。

◇

（……っ、目くらましか！）
眼前で破裂したのは、あらかじめ地面に埋めてあった精霊鉱石の爆雷。
古典的な罠で、見た目は派手だが威力はほとんどない代物だ。
とはいえ、一瞬でも隙が出来たのは事実。
同時に、殺到してくる気配をカミトは感じていた。
（……下か！）
閃光で感覚器官がやられている。直感を信じてカミトは跳んだ。
直後。一瞬前までカミトのいた場所に、地面から巨大な砂の腕があらわれる。
やはり、伏兵が潜んでいたようだ。
大量の砂が蠢き、カミトを追って腕を伸ばす——
「させませんわっ、凍てつく氷牙よ、穿て——魔氷の矢弾！」
リンスレットの放った氷の矢弾が、巨大な砂の腕を撃ち抜いた。
「カミト、上よ！」
クレアが警告の声を上げる。
カミトは地面を蹴って跳躍——
「——圧殺せよ、石獣精霊〈ガルグイユ〉！」
刹那、地面に落ちる影。頭上から落下してくる巨大質量の塊。

地響きと共に大量の土砂が舞い上がる。
石の魔物の姿をした精霊だ。その背中に精霊使いの少女が乗っている。
あでやかな刺繍のほどこされた純白の制服。
（あれは、たしかバルスタン王国の……）
石獣精霊は咆哮を上げ、カミトめがけて突進してきた。
「――剣聖の騎士よ、我が盾となれ！」
その進路上に、フィアナの騎士精霊が立ちはだかる。
弧を描いて閃く騎士の剣。石の砕ける音が響き、石獣精霊の腕が破壊された。
閃光の炸裂から約二秒、ようやく目が慣れてきた。
お嬢様たちはクレアを中心に陣形を立て直しているようだ。
（エストがいない状態じゃ、まともに剣舞を舞うこともできないが――）
自身の神威を練って簡易な精霊魔術の短剣を作製。
攪乱に回ろうとした――その時だ。
土砂を舞い上げ、眼前に砂の巨人があらわれた。
「ちっ……！」
舌打ちして距離をとるカミト。
（砂精霊の使い手――いったい、どこに？）

カミトは周囲に素早く目を走らせた。

地属性の眷属を使役する精霊使いは、精霊魔術で地中に隠れるというのがひとつのセオリーだ。だが、地面にそれらしき痕跡は見当たらない。

そして、背後にもうひとつの気配が生まれる——

（二人目の伏兵……！）

木立の陰からあらわれたのは、両手に抜き身のサーベルを握った少女だ。

地を走る不可視の斬閃が、カミトの背後にあった木をまっぷたつに叩き折った。

カミトは身を伏せて回避している。

「我が風の刃をかわすとは、さすがだな、男の精霊使い！」

少女はカミトに向かって叫んだ。

「我が主君の名誉を傷つけた報いだ——悪いが、ここで消えてもらう！」

「ほんとにあのバカ王子様の逆恨みかよ……」

カミトは呆れてつぶやいた。

精霊剣舞祭にささいな私怨を持ちこむとは、愚かにもほどがある。

「……同情するぜ。バルスタンの精霊使い」

「我が主君を愚弄することは許さんっ！」

風精霊使いの少女がサーベルを振るう。

カミトは横に跳んで回避。放たれた風の刃が首筋をかすめていった。

（……っ、あの程度の攻撃、エストなら弾いてくれるんだけどな）

縦横無尽に振るわれる風刃の嵐に、カミトは近付くことさえできない。

「はっ、さすがに契約精霊がいなくては戦えないようだな！」

（……っ、こいつ、どうして俺がエストを失ったことを知っている？）

訝しんだ、その時――背後から蒼白い雷光が放たれた。

咄嗟に身をひねって精霊魔術の剣で弾く。

剣は光の粒子となって砕け散った。

振り向くと、森の中に、弓の精霊魔装を構えた少女が立っていた。

「ばかなっ、いまの奇襲に反応しただと!?」

風精霊使いが驚愕に目を見開く。

「あと一人、隠れてるのは予想してたからな」

カミトはふっと肩をすくめてみせた。

「やはり、貴様は危険だ。契約精霊を使役できないうちに潰しておくべきだな」

「ずいぶん買いかぶってくれるじゃないか」

軽口を叩きながら、油断なく周囲に目を配る。

前方にはサーベルを手にした風精霊使い。後方には弓を構えた雷精霊使い。

そして、さらに背後の地中から砂の巨人も姿をあらわす。

(……手練れの精霊使いが三人か。さすがにキツイな)

こめかみに冷たい汗が浮かぶ。

いつのまにか、森の中に濃い霧が生まれていた。

自然の霧ではない。明らかに精霊魔術によるものだ。

クレアたちはそう遠くない場所でさっきの石獣精霊と戦っているはずなのだが、霧のせいか、剣戟の音も彼女たちの声も一切聞こえない。

(最初から、俺だけを狩る作戦ってわけか——)

今回の精霊剣舞祭は持久戦だ。一度に相手チームを全滅させる必要はない。

カミトがエストを失ったという情報をどこで得たのかは知らないが、いまのうちにチーム・スカーレットの最強戦力をそぎ落としておく狙いなのだろう。

おそらく、いまクレアたちと戦っているであろう残り二人の精霊使いは、カミトを狩るまでの時間稼ぎにすぎない。

(なら、こっちも時間稼ぎだ。クレアたちが援護に来るまで逃げ切る——)

カミトは拳を握り、半歩踏み込んだ。

「悪あがきをっ！」

風精霊使いがサーベルを振るい、不可視の風の刃を放つ。

　だが、カミトは止まらない。わずかに重心を傾け、首の皮一枚でかわした。

「風の刃を見切っただと!?」

「――残念だったな、森の中なら軌道は簡単に読めるんだよ！」

　刃自体は不可視でも、斬られた木の葉や枝は見えるのだ。カミトは何度か見せられた攻撃を分析し、不可視の刃の速度と範囲をほぼ把握していた。

　無論、それを実践するには並外れたセンスと度胸がいる。精霊剣舞祭の誓約上、実際に首が飛ぶことはないにしても、一撃で意識が飛ぶに違いない。

ほんのわずかでも読み違えればおしまいだ。

　加速して、一瞬で眼前の風精霊使いに肉薄する。

「このっ、させない！」

　即座に雷光の矢弾が放たれる――が、
　瞬間、カミトの姿が忽然と消滅した。

「なっ!?」

　カミトは地を蹴って、真上に跳んでいた。

〈教導院〉で叩きこまれた異端の戦闘技術――高次立体移動。

　同じ〈教導院〉の遺児であるジオ・インザーギもこの技を使っていたが、カミトのそれは、その圧倒的な速度ゆえに〈影縫い〉の固有名を与えられていた。

木々の枝を縫い、超高速の三次元移動で相手を翻弄する。普通の戦闘訓練を受けた精霊使い程度では、この動きについてこられる者はまずいない。

木の幹を蹴るたび、カミトは加速する。風精霊使いと雷精霊使いは、カミトの残影に向かってつぎつぎと攻撃を放つが、そのすべてがむなしく空を切る。

「――砂精霊、あたりの木を薙ぎ倒せ！」

風精霊使いの少女が鋭く叫んだ。

砂精霊は咆哮すると、その巨大な腕で周囲の木々を砕きはじめる。

鈍重そうな外見とは裏腹に、意外と機敏な身のこなしだ。地属性の眷属――岩石精霊などとは、学院の対抗試合で何度か戦ったことがあるが、これほどなめらかな動きをするタイプは初めてだった。

「ちっ……」

足場のほとんどを失ったカミトは、地上に降り立つことを余儀なくされる。

そこへ、巨大な砂精霊の腕が振り下ろされ――

「――凶ツ風よ、狂え！」

横合いから放たれた風の刃が、砂の腕を切断した。

風に揺れる青いポニーテールの髪。

精霊魔装〈風翼の槍〉を手にしたエリスだ。

「──エリス、助かった」

「遅くなってすまない。霧精霊にてこずらされた」

エリスは軽やかに降り立つと、華麗な動きで槍を構えた。

「くっ、作戦は失敗か……撤退だ！」

相手の風精霊使いの判断は素早かった。

奇襲と速攻でカミトを片付ける計画が失敗したのだ。これ以上戦う意味はない。

「──逃がすものか！」

エリスが風翼の槍(レイ・ホーク)を振るった。

エリスの魔風精霊は、相手の風精霊よりも数段格上だ。直進する刃と迂曲(うきょく)する刃、複数の刃が木々を切り飛ばしながら、逃走する精霊使いに襲いかかる。

その進路上に──砂精霊の巨体が立ちはだかった。

風の刃が直撃。表面の砂が弾(はじ)けるが、破壊するにはいたらない。

そのあいだに、風精霊使いと雷精霊使いは森の奥へ消えている。

悔しげに唇を噛(か)むエリス。砂精霊はすぐさま再生をはじめている。

だが、表面の砂が剥(は)がれたその一瞬で、カミトは気付いた。

（なるほど、動きがよすぎると思ったが……そこに隠れてたのか）

表面の砂が再度集まって、傷を完全に塞(ふさ)いでしまう──その寸前。

カミトは一気に踏み込み、砂の隙間(すきま)——巨人のみぞおちに拳(こぶし)を突き込んだ。

砂を打つ感触ではない、たしかな手応(てごた)え。

再生しかけていた砂の巨人は一瞬で崩壊する。

砂の中からあらわれたのは、気絶した一人の少女だった。

「どういうことだ？」

「この砂の巨人そのものが、精霊魔装(エレメンタルヴァアッフェ)だったんだよ」

訊(き)いてくるエリスに、カミトは肩をすくめて答えた。

「……悪いな。こいつはもらってくぞ」

カミトは地面に屈(かが)み、少女が首にかけていた〈魔石〉を手にとった。

このまま一分待てば、彼女の身体は大祭殿に転送されるはずだ。

「カミト！」「カミト君！」「無事でしたの？」

森の向こうから、クレアたちが走ってきた。

どうやら、あちらも決着がついたらしい。

「そっちこそ無事だったか？」

「うん……ってあんた、まさか契約精霊がいないのに連中を倒したの？」

クレアが紅玉(ルビー)の瞳(ひとみ)を見開く。

「いや、エリスが来てくれなかったら危なかった。結局、逃げられちまったしな」

「ほら」と獲得した〈魔石〉をクレアに投げよこす。

そのとき、ちょうど気絶した砂精霊使いの周囲に転送円があらわれ、彼女の身体は光の粒子となって消えていった。

「こっちは石獣精霊使いを倒したわ。霧精霊使いには逃げられた」

クレアの手には合わせてふたつの〈魔石〉が握られている。

「……悔しいですわ。もう少しで捕らえられるところでしたのに」

「深追いは危険よ。周到そうなチームだったから」

「それにしても、まさかこんなに早く襲撃を受けることになるとはな」

「ええ、早いところ野営地を決めたほうがよさそうね」

エリスの言葉にクレアはこくっと頷いた。

さすがに、初戦の勝利に浮かれることはないようだ。

カミトがふと道の先に目を向けると、精霊鉱石の爆雷の破片が落ちていた。

(不可解なのは、俺たちが待ち伏せされていたことだ)

本戦が開始してから、まだ一時間とたっていないのに、まるでカミトたちの位置がわかっていたかのようだ。

(それに、あいつらは俺がエストを失ったことも知っていた)

いったい、誰が情報を流したのか。

「……」

カミトは右手の精霊刻印に目を落とした。

結局、カミトの身に明確な危機が迫ったときでも、〈門〉が開く様子はなかった。

（エスト……）

◇

「さすがですね、カゼハヤ・カミト――」

精霊剣舞祭の初日から始まったその剣舞を、遠方から監視している者たちがいた。

小高い丘の上に腰掛けた、軍服姿の五人の少女。

今大会の優勝候補の一角とされる、ドラクニア竜公国代表〈竜皇騎士団〉だ。

竜属性の精霊魔術〈竜眼〉を使って、遠視しているのである。

「それでこそ、私の中に眠る竜の贄となるにふさわしい」

崖の縁に立つ少女――レオノーラ・ランカスターが唇を舐める。

全身から獰猛な気配を漂わせ、その瞳は血のように紅く炯々と輝いていた。

（レオノーラ様の〈竜の血〉が覚醒しかけている……）

副団長のユーリ・エルシッドの顔には、明らかな畏れの感情が浮かんでいた。

背筋が震えるような悪寒が走る。

竜に仕える姫巫女の家系に受け継がれる、異能の力――〈竜の血〉。

ユーリがレオノーラの紅い眼を見たのは、これで四度目だ。

最初に見たのは、二年前――竜皇騎士団の入団試験の時。レオノーラは、試験を受けていた他の騎士候補生を、たったの数分で全滅させたのだ。

死者が出なかったことが不思議なほどの凄惨な乱舞だった。

彼女の中の〈竜〉が覚醒すれば、部下である彼女たちにも止めるすべはない。

(しかし、これまでの発作とは少し違うようだ……)

ユーリはレオノーラの横顔を盗み見た。

いまの彼女は、むしろ表面上は落ち着いているように見える。

理由はわからないが、彼女の興味はただ一人、あの男の精霊使いを屠ることにのみ向かっているようなのだ。

地上を見下ろしていたレオノーラが、静かに立ち上がった。

「――今宵、獅子の群れを狩る」

ユーリたちは無言で頷く。

それは、襲撃を意味する竜皇騎士団の符丁だった。

# 第八章 闇の誘惑



大陸の連合軍を率いて魔王の城に攻め込む、その前夜——

「——ねえ、エスト?」

聖女アレイシアはエストに訊ねた。

「はい」

「わたしがいなくなったら、エストはどうするの?」

刻が来れば土に還る人間と違い、精霊には寿命がない。どんなに固い絆で結ばれた契約精霊であっても、いずれは別れなくてはならないのだ。

エストがきょとんとしていると、少女は言葉を継いだ。

「もし、わたしがいなくなったら、エストは新しい契約者と契約してね」

「いやです」

エストは即答した。

いつも従順な剣精霊が、はじめてマスターに反抗したのだ。

「エスト?」

「私は貴女の剣。あなた以外のものにはなりません」

「エスト……」

「マスター、何故そんなことを訊くのですか？」

「それは……」

少女は困ったような表情を浮かべる。

近い未来に待つ運命を——すべて知っている顔で。


そして、聖女と伝説の剣の物語は終わりを迎える。

数年に及ぶ戦乱のときをへて、聖女アレイシアは魔王の城に攻め込んだ。

数多の敵を倒し、無垢な少女の手はすでに血にまみれてしまっていたが、それでも彼女は希望を失わなかった。

——この戦いの先に、平和な世界がおとずれると信じて。

その身に待つ運命を知りながら、戦い続けた。

城の大広間に少女の声が響く。

「——エスト、私に力を貸して！」

「はい、マスター」

少女の両手に握られた最強の聖剣が、まばゆい光を放った。

押し寄せる闇を斬り払い、魔王の心臓めがけて少女は走る。

「エスト、あなたを剣として使うのは、これが最後。だから――」

すべては一瞬だった。

光り輝く聖剣が魔王の心臓を貫き、閃光(せんこう)が爆(は)ぜる。

おぞましい断末魔の咆哮(ほうこう)を上げ、魔王はこの世界から消滅した。


「はあっ、はあっ、はあっ……」

魔王の黒い返り血を浴びて、少女はその場にくずおれた。

「マスター?」

「大丈夫よ……エスト……」

心配するエストを安心させるように、少女は彼女の頭を撫(な)でる。

「ふぁ……マスター……やめてください」

「ふふ、エストはこうされるのが好きなのよね」

「……からかわないでください」

エストは無表情のまま、だが、わずかに顔を赤らめてそっぽを向いた。

出会ったばかりのエストは、こんなしぐさをすることはなかった。

少女はそれを嬉(うれ)しく思う。

それは、民衆に救世の聖女(セイクリッド・クイーン)としての役割を期待され、しだいに人間としての感情をなく

していった少女にとって、唯一の慰めだった。

「ごめんね、エスト……本当は、もっと、こうして頭を撫でてあげたかった……」

　黒い血だまりの中で、少女は声を震わせた。

「マスター、なにを……なにを言っているのですか？」

「……本当に、ごめんね」

「マスター？」

　つぎの瞬間、少女の指先が、硬質な音をたてて砕け散った。

◇

「──カミト、カミトってば」

「う、ん……クレア？」

　肩をゆさゆさと揺さぶられ、カミトは目を覚ました。

　鼻先に漂ういい匂い。垂れ下がったツーテールの髪が頬をくすぐる。

「ほら、ご飯ができたわよ。早く起きなさい」

「早くしないと冷めてしまいますわよ」

　カミトは目をこすりながら、硬い地面の上で半身を起こした。

カミトたちがようやく野営地を見つけた頃(ころ)には、すでに夕陽(ゆうひ)が沈みはじめていた。

穏やかに流れる渓流のそばだ。食糧となる魚はいるし、水は澄んでいて禊(みそ)ぎ場にするにもちょうどいい。簡単なテントを作ったあとは、夕食の準備は女の子たちにまかせ、カミトは夜の見張りのために先に仮眠をとっていた。

あたりはもうすっかり暗くなっている。

川縁のほうへ歩いていくと、木で作ったテーブルの上に豪勢な夕飯が並んでいた。

川魚の香草焼きに、香辛料で味付けしたリゾット、乾燥野菜を戻したスープ。それにいくつかクレアのもってきた缶詰も開けられている。

「初日からこんな豪勢な食事で大丈夫か？」

「初日だからこそ、士気を上げるためにおいしい食事が必要なのですわ」

「まあ、理屈ではあるな……っと、ほんとにうまそうだ」

カミトは石の上に座ると、さっそく湯気をたてるリゾットに手をつけた。

「……！」

「ど、どうですの？」

リンスレットがちょっとドキドキした様子で訊(き)いてくる。

「……め、めちゃくちゃうまい！　これ、ほんとに缶詰の材料で作ったのか？」

「ええ……お、お口に合ってよかったですわ」

リンスレットは嬉しそうに口もとをほころばせた。

「さすが、リンスレットだな」

なんだか、お嬢様にしておくのはもったいないほどの料理の腕だ。

「くっ……わ、私の立場が……」

ちょっと悲しそうにつぶやくエリス。

「あ、いや、エリスの料理は家庭的な感じがして、あれはあれで好きだぞ」

「か、家庭的……だと……？　家庭……お嫁さん……」

なにを想像したのか、エリスはぽーっと顔を赤らめた。

「あ、明日の夕食は私が作る番だからな……カミトの好きなもの、作るからな」

「ああ、楽しみにしてる……ところで、風呂はどうするんだ？」

「近くに作っておいたわよ。スカーレットが頑張ってくれたの」

クレアのかたわらで寝ていたスカーレットがニャーッと鳴いた。

「ふふっ、カミト君も一緒に入っていいのよ♪」

「え？」

「ば、ばかっ、カミトはあとよ！　ここで見張ってなさい！」

クレアが顔を真っ赤にして怒鳴った。

◇

「あ、あんたってば、なに考えてるのよ！」

「あら、ちょっとからかってみただけじゃない。それに、クレアだって、ほんとは期待していたんじゃないの？」

「なっ……そ、そんなことないもんっ！」

「声が大きいぞ！　結界の中とはいえ油断はするな！」

「騎士団長の声が一番大きいですわ」

「……す、すまない」

野営地から離れた場所で、お嬢様たちはなかよく服を脱いでいた。

すぐそばには、もうもうと湯気をたてる石の露天風呂がある。

温泉ではない。ゲオルギウスに大きな石を運ばせて川の中に囲いをつくり、そこでスカーレットがその身に纏う炎を解放したのだ。

ちゃぷっと跳ねる水音。

学院の制服を脱いだ姫巫女たちの裸身が、淡い月明かりにさらされる。

「エ、エリス、ずいぶん大人っぽい下着をつけてるのね……」

「そ、そうか？」

エリスは恥ずかしそうに目を逸らした。

「く、黒なんて……すごくいやらしいわ……」

つんつん、とジト目でエリスの胸をつつくクレア。

「い、いやらしくなどない！　これはカミトが選んでくれた――」

「え？」

「ど、どういうことですの？」

「あ、いや、それは、その……」

じっと追及するような目を向けられ、墓穴を掘ったエリスはあとずさった。

「クレアも、ちょっとは成長してるんじゃない？」

フィアナがふよふよとクレアの胸を揉んだ。

「ふあぁっ、な、なにするのよエロ王女！」

「……気のせいかしら？　前に揉んだときよりも少しだけ膨らんでいる気がするわ」

「……え？　ほ、ほんとっ!?」

クレアの紅いツーテールがピョコンと跳ねる。

「ま、まさか、昨日の雷精霊のアレが効いたのかしら……」

「なんのことですの？」

「……っ、な、なんでもないわ！」

クレアは赤くなって水面をぶくぶく泡立てた。

◇

遠くから、女の子たちのはしゃぐ声が聞こえてくる。

さすがに耳のいいカミトでも、ここからでは不明瞭(ふめいりょう)な音にしか聞こえない。

カミトは岩陰にすわりこみ、周囲を見張っていた。精霊の中には夜になると力を増す存在もいる。学院での対抗試合と違い、夜襲にも警戒しなくてはならない。

「……」

ふっと息をつくと、右手に刻まれた精霊刻印を見下ろした。

(エスト……)

かいま見たエストの過去の記憶。

かつてのエストの契約者(マスター)、魔王を滅ぼした救世の聖女(セイクリッド・クイーン)の夢。

私はカミトの剣となることはできません――そう言って、エストはカミトを拒絶した。

いったい、エストはなにを思い出したのか――

と、そのとき。

目の前の木立(こだち)の中に、かすかな気配があらわれた。

「……っ！」

カミトは反射的に立ち上がると、戦闘態勢に入る。

（……まさか、フィアナの結界を破られた⁉）

野営地の周辺には、人間や獣の侵入を知らせる簡易結界を張っていたはずだ。

それが作動しなかったということは、何者かによって結界を解除されたということだ。

「――何者だ」

カミトは鋭く木立の奥を睨む。

と。

「そんなに怖い顔をしないで、カミト」

カミトの目の前で、渦巻く闇が人の姿をとった。

姿をあらわしたのは、闇色のドレスを身に纏った美しい少女だ。

「……レスティア⁉」

カミトは目を見開いて、目の前の少女を見つめた。

かつての契約精霊。

ずっと逢いたかった、かけがえのない大切な存在。

心を失っていたカミトに、はじめて光をくれた少女。

しかし、いまの彼女は――

「……なにをしにきたんだ？」

「つれないわね、せっかく心配してあげたのに」

レスティアは、ほんのちょっと拗ねたように唇をとがらせた。

ひどく懐かしいそんなしぐさに、カミトの胸が疼くように痛む。

闇色のドレスをひるがえしながら、レスティアはゆっくりと歩いてきた。

「あなたらしくもないわね、あの程度の相手に苦戦するなんて」

「あの連中に、俺がエストを失ったことを話したのはおまえか？」

「ええ、そうよ」

レスティアがあっさりと認めたので、カミトは拍子抜けしてしまった。

それ以上、追及する言葉を失う。

（俺は、昔からこいつのペースには逆らえないんだ……）

レスティアはカミトの目の前までやってくると、不思議な色合いを放つ黄昏色の瞳で、上目遣いに見つめてきた。

三年前は同じくらいだったが、いまではカミトのほうが背が高い。

闇の中に浮かび上がる、なめらかな白い肌。淡く色づいた桜色の唇。

不覚にも、ドキッとするような可憐さだ。

そして、彼女の唇が甘く囁く。

「契約精霊が使えないなら、私を使ってもいいのよ」

「……な、に？」

「べつに驚くことではないわ。私はいまでもあなたの契約精霊なんだから」

「……いまさら、どういうつもりだ」

カミトはくっと唇を噛んだ。

たしかに、左手にはレスティアの精霊刻印が残っているが——

あの日からずっと、〈門〉が開くことは一度もなかったのだ。

「それは、あなたに資格がなかったからよ、カミト。でも、本来の力を開花させつつあるいまのあなたなら——昔みたいに、私を使いこなすことができる」

レスティアはくすっと可愛らしく微笑んだ。

「俺は……」

カミトは革手袋に覆われた左手をじっと見下ろした。

三年前、最強の剣舞姫だった頃に使っていた精霊魔装——〈真実を貫く剣〉。

すべてを斬り裂く闇の魔剣の力は、テルミヌス・エストに匹敵する。

エストがいない今の状態で、この精霊剣舞祭を勝ち抜くことはまず不可能だ。

だが、かつての相棒だったレスティアが契約精霊として戻ってくるなら——

あのレン・アッシュベルにも、きっと勝てる。

「ただし、条件があるわ」

と。レスティアはカミトの唇にひとさし指を押しあてた。

「条件？」

「ええ、あの剣精霊の娘との契約を破棄することよ」

「……っ!?」

「あなたが他(ほか)の精霊と契約したことを、この私が嫉妬(しっと)していないとでも思ったの？」

カミトの耳もとで、レスティアが不機嫌そうに囁(ささや)く。

カミトは――レスティアの肩を掴(つか)むと、そっと押し戻した。

「悪いが、それはできない」

きっぱりと首を横に振る。

「俺(おれ)はエストを信じてる。絶対に戻ってくるってな」

三年間、レスティアを取り戻すために生きてきたはずだった。

この〈精霊剣舞祭(ブレイドダンス)〉に参加した理由も、そもそもは彼女を連れ戻すためだった。

それを考えれば、いまのカミトの選択は本末転倒もいいところだ。

だが、そのために、エストとの契約を破棄することなどできない。

「エストは俺の大切な相棒だ。……おまえと同じくらい」

「そう――しかたないわね」

レスティアは寂しそうな表情で首を振った。

「でも、契約精霊のいない状態で、彼女を倒すことができるかしら」

「彼女？」

聞き咎めたそのとき、レスティアの輪郭がおぼろげに消えていく。

「待て、レスティア！」

「いつでも待っているわ、カミト。あなたが私を呼びさえすれば――ね」

レスティアの姿が完全に闇の中に消失する。

刹那、赤い熱閃が空から降りそそいだ。

激しい閃光。直後に生まれた爆風がカミトの身体を吹き飛ばす。

地面の土砂が跳ね、森の木々がメキメキと引き倒された。

（なん……だ……!?）

カミトは呻きながら、顔を上げる。

と。

爆発した地面の中心に、なにか巨大な黒い影が降り立った。

「なっ!?」

それは、月を隠すように巨大な翼を広げた、漆黒の魔竜だ。

燃え盛る炎に照らされる夜の闇。

舞い散る火の粉の中から、黒い軍服(サーコート)を着た一人の少女が歩いてくる。

血のように赤い瞳(ひとみ)が、闇の中で炯々(けいけい)と輝いていた。

(なんて禍々(まがまが)しい気配だ……)

肌に感じる暴力的なまでの威圧感。

「……騎士にしては、ずいぶん不作法(ぶさほう)な挨拶(あいさつ)だな。レオノーラ」

「——言ったはずですよ、カゼハヤ・カミト」

レオノーラは真上に手をかざして告げる。

「ドラクニアの竜は、獅子(しし)を狩るにも全力を尽くすと」

竜精霊〈ニーズヘッグ〉の口腔(こうこう)から灼熱(しゃくねつ)の熱閃が放たれた。

「……まさか、襲撃!?」

野営地のほうで派手な火柱が上がった、その時。

クレアたちは、ちょうど風呂(ふろ)を出て着替えているところだった。

「結界が破られた——来るわよ！」

クレアが叫ぶと同時。

フィアナ、エリス、リンスレットはそれぞれ精霊を召喚した。

スカーレットの纏(まと)う紅蓮(ぐれん)の炎が、周囲の闇(やみ)を明るく照らしだす。

と。崖(がけ)の上に、武器を携えた三人の人影を発見した。

「あの甲冑(かっちゅう)……まさか、ドラクニアの竜皇騎士団か!?」

エリスが崖の上をキッと睨(にら)む。

三人の人影は音もなく地面に降り立つと、クレアたちと対峙(たいじ)した。

「驚いたわね。名誉を重んじる竜皇騎士団が、夜襲をしかけてくるなんて」

「我らは騎士である前に職業軍人だ。祖国に勝利と栄光をもたらすために、最も効果的な戦術をとったにすぎない」

前に出て答えたのは、少年のような短髪の少女だ。

長い柄の尖端に斧のついた精霊魔装、ハルバードを構えている。

「名前くらいは名乗っておこう。竜皇騎士団副団長、ユーリ・エルシッドだ」

「〈チーム・スカーレット〉のクレア・ルージュよ」

クレアはすぐさまスカーレットを炎の鞭へと展開した。

油断なく前方を見据えながら、背後のエリスに向かって小声で囁く。

「レオノーラの姿がないわ。さっきの爆発は、たぶん彼女の仕業よ」

彼女の竜精霊ならば、一撃であれほどの破壊をもたらすことも可能なはずだ。

カミトが一人になったところを見計らって、潰しにきたということか。

「いくらカミトでも、精霊魔装を使えない状態じゃ、レオノーラには勝てない」

「……わかった。私はカミトの援護に向かう」

即座にクレアの意図を理解したエリスは、〈飛翔〉の精霊魔術を唱えた。

地面を蹴り、炎に照らされる夜空に向かって飛び立つ——

だが。

「——レオノーラ様のもとへはいかせない！」

「なに!?」

エリスの進路上に、もう一人の騎士が立ちはだかった。

飛竜精霊にまたがった精霊使いだ。

こちらの動きを予測して、あらかじめ森の中に隠れていたのだろう。相手は竜精霊の中でも飛行能力に優れたタイプだ。エリスの精霊魔術では振り切ることはできまい。

「……まずいですわね。完全に分断されましたわ」

「カミト……」

火柱の上がった方向に視線を向け、クレアはきゅっと唇を噛みしめた。

◇

灼熱の閃光が地面を薙いだ。

大地が焦げ、凄まじい轟音と共に紅蓮の火柱が上がる。

（……っ、なんて威力だ！）

爆風に吹き飛ばされ、カミトの身体は地面に転がった。

素早く立ち上がって目を開く——

目の前に、まるで世界の終末のような光景が広がっていた。

すり鉢状に大きく抉られた大地。闇夜を喰らい尽くすように燃え盛る炎の壁。

炎の壁の向こう、暴虐の竜精霊の上げる咆哮に、大気が震動した。

吹きつける烈風が炎を吹き散らす。

漆黒の竜精霊が、その巨大な翼を羽ばたかせたのだ。

蒼白(あおじろ)い月影を背負い、レオノーラ・ランカスターが静かに歩いてくる。

その手をすっと持ち上げると、竜精霊は黒い闇へと姿を変えた。

闇は彼女の手に絡みつき、一瞬で大型の魔剣に変化する。

「竜精霊〈ニーズヘッグ〉の精霊魔装(エレメンタルヴァッフェ)――〈竜殺しの聖剣(ドラゴン・スレイヤー)〉」

レオノーラは淡々とつぶやき、魔剣を上段に構えた。

カミトの本能が警告した。

（あれは、やばい……！）

立ち上がって回避しようとした、刹那(せつな)。

「――破(は)っ！」

レオノーラは一瞬で距離を詰めてきた。

（――速いっ！）

魔剣が振り下ろされるその寸前、カミトは横に跳(と)ぶ。

ガッ――地面が砕ける音。

魔剣の切っ先が脚をかすめ、白い制服に血が跳ねた。

肉を斬(き)る鋭い痛みにカミトは顔をしかめる。

（……っ、まさか、精霊魔装（エレメンタルヴァッフェ）を完全に具現化させているのか!?）

いまの一撃、カミトがかわさなければ、身体を縦に両断されていた。

彼女は、完全にカミトを殺すつもりで剣を振り下ろしたのだ。

（クレアの言ってた〈竜の血（ドラゴンブラッド）〉ってやつの影響か……）

闇夜（やみよ）に煌々（こうこう）と輝く、レオノーラの紅（あか）い瞳（ひとみ）。

彼女が理性の大半を失い、狂戦士（バーサーカー）となっているのは明らかだ。

精霊剣舞祭（ブレイドダンス）では、相手の命を奪うことは禁じられている。だから普通、精霊使いは精霊（エレメンタル）魔装（ヴァッフェ）の具現化率を下げ、神威（カムイ）に直接ダメージを与えることを選択しているのだ。

だが、レオノーラはいま、完全にカミトの肉体を破壊しようとした。

「ちっ——」

カミトは武器複製（ウェポンワークス）の精霊魔術を素早く唱え、両手に短剣を造りだした。

エストとの〈門（ゲート）〉が閉ざされたいま、自前の神威でできるのはこの程度だ。

あの魔剣を受け止めることはもちろん、剣風がかすめただけで砕け散るほどの代物。

素手よりは多少マシ、といったほどのものでしかない。

（だが、相手の間合いに入ってしまえば、大剣に対しては有利に戦えるはずだ——）

地面の泥を跳ね、踏み込む寸前——レオノーラが魔剣を薙（な）いだ。

全身の骨を砕くような剣風が叩（たた）きつけられる。

「がはっ……！」

続いて容赦なく振るわれる苛烈な剣撃。

カミトは地面を転がり、かろうじてその一撃を回避した。

「……まるで隙がない」

額に冷たい汗が浮かぶ。

華奢な細腕で、とてもあんな大剣を持っているとは思えない動きだ。

おそらく、竜属性の精霊魔術で筋力を強化しているのだろう。

「──足りない……もっと、私の血を滾らせなさいっ、カゼハヤ・カミト！」

再び魔剣を薙ぎ払う。竜の咆哮のような轟音を上げ、衝撃波が放たれた。

全身を斬り裂く不可視の牙。エリスの風の刃と似ているが、その威力は桁違いだ。

耐刃防御に優れた制服が裂け、肩口から赤い血がほとばしった。

「くっ、さすがに強え……！」

切れた唇の血を拭いながら、カミトは毒づいた。

彼女の全身にみなぎる圧倒的な神威。

まともに正面からぶつかれば、いまのカミトにまず勝ち目はない。

（──森の中に撤退して、持久戦に持ちこむしかない）

〈竜の血〉を発現させたレオノーラは、その圧倒的な力と引き替えに、冷静な判断力は

鈍っているようだ。カミトが隠密に徹すれば、時間を稼ぐことくらいはできる。

〈竜の血〉による狂乱化は大量の神威を消耗するはずだ……）

おそらく、あの状態で戦える時間はそう長くない。並の精霊使いならもって一分。レオノーラほどの使い手でも五分が限界だろう。

（——五分間、逃げ切ることができれば勝算はある）

素早く判断し、カミトが森の中に撤退しようとした、その時だ。

遠く、川沿いの崖下のほうで巨大な火柱が上がった。

「なっ……!?」

カミトはハッと振り向く。

場所を計算するまでもない。あれはクレアたちのいる場所だ。

「——私の部下が交戦中のようですね」

レオノーラは血のように紅い眼を輝かせ、一気に距離を詰めてきた。

「仲間を守りたければ、逃げずに全力で私を倒すことですね！」

レオノーラの魔剣が眼前に迫る——！

◇

「――消し炭になりなさいっ！」

炎の鞭(フレイムタン)を振るいながら、クレアは同時に〈火炎球(ファイアボール)〉の精霊魔術を放った。

ユーリ・エルシッド――ハルバード使いの精霊使いは炎の中に呑(の)みこまれる。

「さすがに直撃すれば――えっ!?」

「残念だったな、炎属性の魔術はこの〈火竜精霊(リンドヴルム)〉には効かないっ！」

炎の壁を引き裂き、赤い鱗(うろこ)を持つ巨竜が突進してきた。

「リンスレット！」

「わかっていますわっ、凍(い)てつく氷牙よ、穿(うが)て――〈魔氷の矢弾(フリージング・アロー)〉！」

目標を一瞬で氷結させる氷の矢弾が、火竜精霊の体躯(たいく)めがけて放たれる。

が、矢弾が目標に届く寸前、火竜の口腔(こうこう)が炎を吐き、氷牙の雨を一瞬で蒸発させた。

かろうじて直撃させた氷の矢弾も鱗に反射して消滅する。

「そんなっ、わたくしの〈魔氷の矢弾(フリージング・アロー)〉が……！」

「……っ、あいつ、竜属性の精霊魔術がかかっているわ！」

クレアが、鞭(むち)で火竜の炎をかき消しながら叫ぶ。

竜精霊の特徴は、圧倒的な剛力と魔術攻撃に対する耐性の高さだ。特に精霊魔術の〈抗魔の竜鱗〉の発動中は、五大属性の精霊魔術に対する抵抗力が増大する。

五大属性の精霊を使役するクレアたちにとって、かなり相性の悪い相手だ。

「クレア！　〈ゲオルギウス〉だけじゃ、止められない……！」

と、背後からフィアナの悲鳴のような声が上がった。

彼女は騎士精霊で二体の竜精霊の攻撃をくいとめていたのだ。

彼女が相手にしているのは、翼も鱗もないタイプ——格闘戦に特化した暴竜精霊だ。

巨大な爪と尻尾を振るい、騎士精霊をじりじりと追いつめる。

パワーは暴竜精霊のほうが遙かに上回っている。かろうじて踏みとどまっているのは、騎士精霊の特性として対竜属性の剣技があるからだ。

しかし、相手は二体。それも手練れの精霊使いの使役する精霊だ。

防御能力に優れた騎士精霊も、さすがに剣と盾だけでは捌ききれなくなっていた。

「フィアナ……！　リンスレット、お願い、少しだけ時間を稼いで！」

「やってみますわ！」

クレアは即座に援護に向かおうとするが——

「……っ⁉」

その眼前に、エリスの身体が叩きつけられる。

「……ぁぐっ！」

「エリス！」

ハッと上を見上げると、飛竜精霊にまたがった少女が空を舞っていた。

「言ったはずだ、レオノーラ様の邪魔はさせないと！」

飛竜精霊が咆哮し、倒れたエリスに向かって無数の火球を放つ――

「このっ！」

クレアは咄嗟に炎の鞭を振るい火球を迎撃、空中で激しい爆発が起こった。

「エリス、まだ動ける？」

「……ああ、すまない。私としたことが」

全身傷ついたエリスが、〈風翼の槍〉を手によろよろと立ち上がる。

エリスは学院でもトップクラスの精霊使いだ。飛竜精霊に有利な空中戦とはいえ、彼女をここまで一方的に痛めつけるとは――

「連中、個人の実力も高いが、集団戦闘の練度が私たちとは比べものにならない」

「そうね……」

エリスの指摘を、クレアは悔しそうに認めた。

実際、クレアかリンスレットが援護に回れていれば、エリスも互角に戦えたはずだ。

だが、相手はその隙を決して与えてはくれなかった。

「私のゲオルギウスが――」

「はあっ、はあ……火竜精霊とは相性が悪すぎますわっ……！」

いつのまにか、四方を竜皇騎士団の四人に囲まれていた。

騎士精霊は二体の暴竜精霊に押され、リンスレットは完全にバテている。

「――オルデシア帝国の代表を撃破。初戦の戦果としてはまずまずか」

ユーリ・エルシッドが、火竜を精霊魔装(ハルバード)に展開した。

「これで最後だ。クレア・ルージュ」

◇

振り下ろされるはずだった魔剣は――

だが、宙で止まっていた。

「……な、に!?」

レオノーラの紅(あか)い瞳(ひとみ)が驚愕(きょうがく)に見開かれる。

凄絶(せいぜつ)なまでに美しい彼女の顔を間近で見つめながら、カミトは囁(ささや)いた。

「こいつは、いざってときの隠し技だったんだがな」

魔剣を握ったレオノーラの手首と、交叉(こうさ)するように絡まったカミトの腕。

彼女の一撃を精霊魔術の剣で止めることはできない。

だが、その剣を振るう腕のほうは別だ。

相手が呼気を放つ刹那(せつな)の空隙(くうげき)に踏みこみ、手首に腕を絡めたのだ。

レオノーラが剣を引けばそのまま懐に入り、逆に力任せに押してくれれば、それは致命的な隙を作ることになる――シンプルだが効果的な体術スキル。

理屈は単純だが、タイミングを誤れば死に直結する。素人に真似できるものではない。〈教導院〉で戦闘技術を叩きこまれたカミトだからこそ実用できる技だった。

レオノーラは魔剣を振りかぶった体勢のまま動きを止めている。

「剣を持たない騎士の剣技――通称〈剣殺し〉。邪道の技だ。もっとも、こいつは〈教導院〉じゃなくて、グレイワースの婆さんに教わったんだがな」

「――なるほど。大陸最強の精霊騎士と謳われた、グレイワース卿の技ですか」

輝く紅い眼がカミトを見下ろした。

暴虐の愉悦に彩られた竜の瞳――完全な戦闘狂の眼だ。

「ですが、小手先の技など圧倒的な力の前では無力……！」

レオノーラの神威が爆発的に膨れあがった。

大気が震えるような人間離れした咆哮を上げ、圧殺するように押してくる――

「――無謀だぜ、レオノーラ！」

力の均衡が崩れたその一瞬、カミトは掌打を鳩尾に突きこむ――が、

「……っ!?」

寸前で真横に跳んだのは――反応ではなく、ただの勘だった。

カミトの脇腹をかすめ、閃光が地面を抉る。

閃光を放ったのは、〈竜殺しの聖剣〉の柄にほどこされた竜頭の装飾品だ。もし躱していなければ、心臓を貫かれていたに違いない。

脇腹から血をまき散らしながら地面を跳ねる。勘に頼ったとっさの回避行動だったため、受け身をとることさえ考えていなかった。

レオノーラが大剣を無造作に薙いだ。

横殴りに振るわれる剣の腹。全身の骨が砕けるような衝撃。

カミトの身体は真横に吹っ飛び、硬い岩場に叩きつけられる。

(……っ、腕の骨が……!)

レオノーラは止まらない。そのまま、咆哮を上げて突進してくる。

カミトは精霊魔術の剣を腰だめに構えた。相手の突進に合わせてカウンターを放つ――

危険な賭けだが、この一撃で決着をつけるしかない。

(早く倒さないと、クレアたちが――)

地を駆ける竜の如く、地響きを立てて突進してくるレオノーラ。

〈竜の血〉に支配された彼女に容赦はない。

わずかでもタイミングを誤れば――待っているのは死だ。

大剣の刃が眼前に迫った、その一瞬。

背後の岩を蹴ってカミトは踏み込んだ。

（――獲った！）

首の皮一枚で剣の軌道をかわせる、完璧な距離。

この程度の剣で、魔術強化されたレオノーラの肉体を貫けるとは思わないが、ある程度の衝撃を与えることはできるはずだ。体勢を崩したところに連撃を放ち続ければ、強靱な竜騎士といえど沈めることは可能――

だが。

「言ったはずですよ、私に小手先の技は効かないと！」

レオノーラ・ランカスターは――

眼前のカミトめがけて〈竜殺しの聖剣〉を片腕で投擲した。

螺旋の風を纏い――一直線に放たれる大剣。

「……っ!?」

これは、さすがにカミトも予想できなかった。

カミトは舌打ちして躱すが、すでにレオノーラが接近していて――

「しまっ……！」

カミトは咄嗟に精霊魔術の剣を盾にしてガード。だが、魔術強化されたレオノーラの拳は一瞬で剣を砕き、カミトの顎をとらえた。

視界が揺れる。自身の身体が宙を舞っていることに気づいた次の瞬間には、すでに地面に叩きつけられていた。

（く、そ……あの大剣を片腕で投げる？　無茶苦茶すぎるだろ……）

損傷を受けた箇所。まだ動く箇所を確認しながら毒づく。

肋骨は折れ、内臓もいくつかやられているようだ。

指先が痺れて動かない。もはやまともに戦える状態ではなかった。

「──もっと、もっと私の血を滾らせてください、カゼハヤ・カミト。私の中に眠る〈竜〉が、貴方を狂おしく求めている」

レオノーラが投擲した魔剣を拾い上げ、ゆっくりとこちらに歩いてくる。

狩りを愉しむ竜のように。

「──さもなくば、死にますよ」

「……勝手なこと言いやがって」

激痛に呻きを上げながら、カミトは地面に手をついて立ち上がる。

川沿いのほうでは、先ほどよりも激しい火柱と黒煙が上がっていた。

（クレア……エリス、フィアナ、リンスレット……）

大切な仲間を守りにいけない悔しさに、痺れる指先を握り込む。

（このままでは、レオノーラ・ランカスターには勝てない──）

　カミトはそれを冷静に認める。

　――そう、このままでは。

　ズキン――革手袋に覆(おお)われた、左手の刻印が疼(うず)いた。いや、本当は気付いていたのだ。

先程からずっと、刻印が焼けるような熱を放っていることに。

　三年間、決して開くことのなかった〈門(ゲート)〉。

　だが、いまは、彼女の方から呼びかけているのを感じる。

　ただ一言、名前を呼ぶだけでいい。それだけで、この手に最強の魔剣が手に入る。

　レオノーラを倒し、仲間の少女たちを守ることのできる力。

　最高位の闇(やみ)の精霊魔装(エレメンタルヴァッフェ)――〈真実を貫く剣(ヴォーパル・ソード)〉が。

　一瞬で戻ることができる。三年前の最強の剣舞姫(レン・アッシユベル)に。

　ただし、それはもう一方の手に刻まれた契約を破棄することが条件だ。

　闇の中で一人、悲しみに心を閉ざした剣精霊の少女を。

（俺(おれ)は――）

　カミトは呻くように声を震わせた。

　それは一瞬の葛藤(かっとう)。迷い。

　だが、すぐに顔を上げて、首を横に振る。

　結論など最初から決まっていた。

（俺はエストの契約者だ！）

刹那、眼前に迫ったレオノーラの紅い眼が禍々しく輝き——

「カゼハヤ・カミト、貴方には失望しました」

〈竜殺しの聖剣〉が、カミトの胸を貫いた。

◇

闇に沈む意識の中で——

カミトは、膝を抱えてうずくまる一人の少女の姿を発見した。

闇の中でもなおまばゆく輝く、白銀の髪。

穢れを知らぬ白い裸身は、冴え渡る抜き身の剣のようだ。

「——エスト」

カミトは、心を閉ざした剣精霊の少女の頬に手を触れる。

神秘的な紫紺の瞳が驚きに見開かれた。

「カミト……！」

「エスト、頼む——力を貸してくれ。仲間を守るために、おまえの力が必要なんだ！」

うずくまるエストに向かって、カミトは叫ぶ。

だが、エストは静かに首を横に振った。

「カミト、ごめんなさい。私はもう、あなたの剣にはなれない」

「どうして――」

「私は、いつかきっと、カミトの命を奪ってしまうから」

そのとき、カミトの指先に、なにか冷たいものが触れた。

「……エスト？」

それは涙の雫（しずく）。

かつて、一切の感情を持たなかった剣精霊の心の発露。

指先に触れた瞬間、激しい感情の渦がカミトの中に流れこんできた。

救世の聖女（セイクリッド・クイーン）と〈魔王殺しの聖剣（デモン・スレイヤー）〉――その最後の記憶が。

◇

エストの目の前で――

魔王を滅ぼした聖女の身体は、美しい精霊鉱石の結晶に変化していった。

「マス……ター……？」

「エスト、そんな顔をしないで」

アレイシアは、まだ動く右手をエストの頭にのせ、喘ぐように言葉を紡いだ。

「最初から、わかっていたことよ」

わずか十六歳の少女が見せる大人びた表情。

その指先までもが結晶化していくのを見て――

剣精霊はようやく理解した。

これは〈呪い〉だ――と。

これまで、聖剣の力によって滅ぼしてきた精霊たちの怨嗟と呪詛。

限界にまで達したそれが、契約者である少女の肉体を蝕んでいるのだと。

〈魔王殺しの聖剣〉は、あらゆる呪いを滅ぼす剣。

しかし、その呪いはこの世界から消滅したわけではない。数多の呪いを溜めこんだ聖剣は、ある瞬間を迎えたとき、その呪いを契約者に与えるのだ。

精霊兵器――〈テルミヌス・エスト〉は聖剣などではない。

強大な力と引き替えに、使い手に死をもたらす、まぎれもない魔剣の類だった。

「そん……な……」

華奢な少女の手。いつも優しくエストの頭を撫でてくれた指先が、硬質な精霊鉱石の結晶へと変化していくのを、エストはただ見つめることしかできない。

「マスター！　私は、知らなかったのです！　私が、こんな――」

「わかっているわ、エスト」

アレイシアは微笑むと、エストに優しいまなざしを向けた。

「マスター……あなたは、こうなることを知って……」

「ええ。だから、エストのせいじゃないのよ」

エストの白銀の髪を撫でながら、穏やかに頷く少女。

しかし、その声は震え、目にはかすかな涙が浮かんでいた。

当然だ。いままさに死を迎える間際にあって、怖くないはずがない。

だって、彼女は聖女なんかじゃない。

たった十六歳の普通の少女なのだ。

「マスター……」

「さようなら、エスト。私のたった一人のお友達」

「だめ、です……マスター……」

エストの唇からか細い声が洩れる。

「いや……アレイ……シア……！」

「……はじめて、名前を呼んでくれたわね。嬉し……い……」

「……っ!?」

澄んだ美しい音をたてて、少女の首が結晶化した。

エストは、ただ見ていることしかできない。

初めて心を通わせた少女が、透明な結晶となって砕け散るその瞬間を。

「エスト、私——」

熱い涙のしずくが、ぽたっとエストの頬にこぼれ落ちた。

「本当は、聖女になんてなりたくなかった」

「——アレイシア！」

魔王の城に慟哭が響き渡る。

民衆の期待を背負い、孤独な戦いを続けてきた聖女の——

それが、最期だった。


そして、エストはみずからの存在を、魔王の佩刀の中に封印した。

罪深き魔剣と契約する者があらわれないように。

もう二度と、大切な人を失わないように。

誰にも心を開くことはない——そう固く誓って。

◇

「――私には、カミトの剣となる資格はありません」

「……」

かいま見せられたエストの過去に、カミトは言葉を失った。

感情のない精霊兵器だった彼女に、はじめて感情を与えてくれた少女。

その少女の命を、エストはみずからの呪(のろ)いによって奪ってしまっていた。

だから、心を閉ざした。

何百年もの間、契約しようとする者を遠ざけ続けてきた。

二度と、誰(だれ)も触れることのないように。

それがどれほどの孤独だったのか、カミトには想像することさえできない。

「エスト……」

カミトはエストの目もとをそっとぬぐった。

神秘的な紫紺(ヴァイオレット)の瞳(ひとみ)がパチパチと瞬く。

「資格がないなんて、そんなこと言うな。俺(おれ)にはエストが必要なんだ」

「だめです……魔剣の私を使い続ければ、私はカミトの命を奪ってしまう！」

カミトはエストの頭にぽんと手をのせた。

「俺はそんな呪いなんかに負けない」

美しい白銀の髪をくしゃくしゃ撫(な)でる。

「ふぁっ……カミト……やめて、ください……」

「やめない。おまえが泣くのをやめるまでな」

「カミ……ト……」

「エスト、おまえの呪いも、魔剣としての運命も、俺は受け入れる」

そして――

エストの華奢な身体を強く抱きしめた。

「だから戻ってこい、エスト！」

「だめ……私は、カミトを……」

その言葉を封じるように――

カミトはエストを抱き寄せ、唇をふさいだ。

「……っ!?」

エストが驚きに目を見開く。

それは、精霊使いが高位精霊と契約を交わすときの儀式。

誓約の口づけ。

カミトは優しく、おしあてた唇を離した。

「もう一度言うぞ、エスト。俺にはおまえが必要だ」

華奢な身体を抱きしめながら、叫ぶ。

「俺の剣になれ、エスト！」

カミトの力強い言葉に――

「カミト、私は――」

エストの白銀の髪が、まばゆく輝いた。

◇

「……なっ⁉」

レオノーラの紅い眼が見開かれる。

意識を失ったはずのカミトの右手が、突然、強い閃光を放ったのだ。

「――汝、冷徹なる女王、魔を滅する聖剣よ」

震える唇が精霊語の召喚式を紡ぐ。

「……っ⁉」

半死状態とは思えないほど力強い声に、なにか得体の知れない警戒心を呼び覚まされ、レオノーラは後方に跳び下がった。

「……っ、まさか、私の中の〈竜〉が畏怖しただと？」

それは、〈竜の血〉が覚醒した状態だからこそ察知できた、本能的な畏れだった。

そして——

「——いまここに、鋼の剣となりて、我が手に力を！」

目を灼くような、すさまじい閃光が放たれる！

カミトの目の前に、契約者と契約精霊を繋ぐ〈門〉があらわれた。

粉雪のように舞う光の粒子をまとい——

あらわれたのは、美しい白銀の髪をなびかせた少女だ。

「……エス……ト、ありがとな。俺のわがまま聞いてくれて」

貫かれた胸の傷を押さえながら、カミトは苦笑する。

「カミト、私はあなたの剣——あなたの望むままに」

制服姿のエストは、いつもの無表情でそう告げた。

頬がわずかに赤らんでいるようにみえるのは、燃え上がる炎のせいだろうか。

「〈魔王殺しの聖剣〉を呼び戻したか……」

レオノーラの紅い瞳が輝きを増した。

「それでこそ、あなたを倒す価値がある！」

咆哮するように叫ぶと、〈竜殺しの魔剣〉を振るう——

「——薙ぎ払え！　暴虐の魔竜！」

剣の尖端から、真紅の閃光が一直線に放たれた。

大地を焼き、森の木々を一瞬で消滅させるほどの熱閃。

「──エスト！」

カミトが叫んだ。

だが、エストは回避しようとせず、その場に立ち尽くしたままだ。

氷のような無表情のまま、熱閃に向かってすっと手のひらを向けた。

「──私はカミトとお話ししているのです、邪魔をしないでください」

大地をも溶かす灼熱の熱閃が、いともたやすく霧散した。

「……っ⁉」

驚愕に目を見開くレオノーラ。

エストは、可憐な少女の姿からは想像できないほどの威圧感を放っていた。

「……エスト、いくぞ！」

「はい！」

カミトはふらふらと立ち上がると、エストの手を握った。

胸の傷が開き、大量の血が地面に滴る。

腕の関節は外れ、肋の骨は折れていた。

満身創痍という言葉さえ生ぬるい状態だ。

それでも、なぜか負ける気はしない。

かたわらにエストがいるだけで、身体の底から力があふれてくるようだ。

カミトが精霊語の展開式を紡ぐと、エストの身体は光の粒子となって霧散した。

次の瞬間、カミトの手に出現したのは、輝く白銀の剣だ。

魔王殺しの聖剣――テルミヌス・エスト。

「いくぜ、レオノーラ・ランカスター！」

カミトは両手にエストを構え、咆えた。

小手先の技など必要ない――一撃で十分だ。

「――我が血の呼び声に応え、魔竜よ、猛り狂え！」

レオノーラもまた〈竜殺しの聖剣〉を構え、雄叫びを上げる。

そして、二人の聖剣の使い手が、同時に走った。

「おおおおおおおおおっ！」

「あああああああああっ！」

剣風で地面が抉れ、土砂が舞い上がる。

「――我が血の滾り、その身で受けるがいい！」

眼前に迫る大剣。

わずかでも触れれば砕け散るほどの神威を纏い、レオノーラが突進してきた。

だが、カミトは臆することなく、さらに踏みこんで加速した。

なにも恐れることはない。

いまのカミトには、最強の剣があるのだから。

「エスト、おまえの悲しみも絶望も、ぜんぶ俺(おれ)が受け止めてやる！」

二人の剣が交わる刹那(せつな)、〈魔王殺しの聖剣(デモン・スレイヤー)〉がいっそう眩(まばゆ)い光輝を放ち――

〈竜殺しの聖剣(ドラゴン・スレイヤー)〉を一撃で粉砕した。

◇

「……まさか、レオノーラ様が⁉」

副団長、ユーリ・エルシッドはハッとして叫んだ。

離れた場所にいてさえ感じとれるほどの神威の放出が、途絶えたのだ。

「戦いの最中によそ見？　ずいぶん舐(な)められたものね」

鉄壁の竜騎士に生まれた一瞬の隙(すき)。クレアはそれを逃さない。

炎の鞭(フレイムタン)が弧を描き、ハルバードを叩(たた)き落とした。

「……っ、しまった！」

「――スカーレット！」

炎の鞭は瞬時に火猫(ひねこ)へと姿を変えて襲いかかる。

「ちっ！」

ユーリは地面を蹴って後退した。

「狩りは中止だ。撤退するぞ！」

「ユーリ様⁉」

「レオノーラ様が敗北した」

「なっ……！」

いっせいに顔色を変えるドラクニアの騎士。

だが、生粋の軍人である彼女たちは、すぐさま状況を理解すると、統率された動きですみやかに夜の森の中に消えていく。

「させませんわっ！　凍てつく氷牙よ、穿て——魔氷の矢弾！」

リンスレットの放った氷の矢弾は、しかし、森の木々に命中して霧散した。

「カミトが、レオノーラを倒したのか？」

「……どうも、そうみたいね」

燃え盛る野営地のほうを見つめながら、クレアはこくっと頷いた。

◇

「……なぜ、私の〈魔石〉を奪わないのですか？」

灼熱の地面に仰向けに倒れたまま、レオノーラは訊いた。

狂おしく燃えていた彼女の紅い眼は、静かな黒い瞳に戻っていた。

……どうやら、〈竜の血〉は鎮まったようだ。

「エストを呼び戻すきっかけをくれた礼、ってわけじゃないが――」

カミトもまた、彼女に覆い被さるように倒れていた。

想像していたよりも、ずっと華奢な身体。

彼女の可憐な顔がすぐ目の前にある。

「今回は勘弁してやるよ。それに、こんどは、〈竜の血〉に支配されたおまえじゃなくて、本当の竜騎士レオノーラと剣舞を舞ってみたい」

「……甘いですね、あなたは」

「……なんてな、本当は満身創痍で指一本動かせないだけだ」

カミトが苦笑して言うと、レオノーラは頬を赤らめ、ふいっと目を逸らした。

「や、やはり、あなたは危険です……いろいろな意味で」

「なんだそりゃ？　いろいろな意味って、どういう意味だよ？」

「う、うるさいですよ、この淫獣！」

レオノーラはカミトの身体をはね飛ばすと、地面に手をついて立ち上がった。

〈竜の血〉の暴走で神威を消耗しきったらしく、足もとはふらふらだ。

「次は負けませんよ、カゼハヤ・カミト」

「ああ、俺もだ。負けるつもりはない」

レオノーラはふっと微笑むと、燃え立つ炎の中に消えていく。

「……カミトは、本当に節操がないご主人様です」

頭の上で、ちょっと拗ねたようなエストの声を聞きながら、カミトは意識を失った。

――もう、あの夢は見なかった。

# エピローグ

カミトはテントの中の担架で目を覚ました。

どうやら、クレアたちが気絶したカミトを発見してくれたらしい。

怪我をした箇所には、ところどころ包帯が巻かれていた。結び目がちょっと不器用なのは、クレアが巻いてくれた部分だろうか。

（……お嬢様たちは、無事だったみたいだな）

ほっと安堵の息をつき、起き上がろうとすると——

「まだ起きてはいけません、カミト」

「おわっ、エ、エスト！」

すぐ横に、全裸の剣精霊が添い寝していた。

……いや、もちろん、足にはいつものように黒のニーソをはいているのだが。

「エスト……」

いつものカミトなら叱っているところだが、

（ま、今日くらいは許してやるか……）

カミトはエストの身体をそっと抱き寄せた。

「ふわ……カ、カミト!?」

エストが肩をびくんっと震わせる。

いつもクールで無表情なだけに、そんな動揺したしぐさが面白い。

「……寂しかったよな。今日は怒らないから、ずっとここにいていいぞ」

苦笑しながら、エストの小柄な身体に毛布をかけてやる。

「カミト……」

エストは紫紺(ヴァイオレット)の瞳(ひとみ)を見開くと、ぴたっと身体をくっつけてきた。

その口もとがわずかにほころぶ。

「カミト、あたたかいです……」

「そうか」

カミトは内心ドギマギしながらも、震えるエストの肩を抱いてやった。

毛布の中で、エストは消失したあとの話をいろいろしてくれた。

カミトの意識の中で、一瞬だけエストの〈本体〉と繋(つな)がったこと。けれど、その〈門(ゲート)〉はすぐにまた閉ざされてしまい、いまのエストは伝説の〈魔王殺し(デモン・スレイヤー)の聖剣〉とは独立した人格を持つ存在であるということ。

意外だったのは、聖女アレイシアとの想(おも)い出(で)は、いまのエストにとって与えられた記憶でしかない——ということだった。

本体の知識が断片的に残ってはいるものの、このエストにとっての本当の記憶は、カミトたちと出会ってからの約二ヶ月のものだけだそうだ。

途中、カミトは混乱してしまったが――

「……ようするに、エストはエストってことでいいんだな？」

「はい、カミト。その理解で正しいです」

……と、そういうことらしいので、深く考えるのはやめておいた。

そして――

「カミト、本当に後悔していないのですか？」

「あたり前だ。二度は言わないぞ」

エストの問いかけに、カミトはきっぱりと答える。

「呪（のろ）いの魔剣だろうがなんだろうが、エストは俺（おれ）の剣だ――これからもずっとな」

「でも、私はカミトの命を……」

「なあ、エスト――」

と、カミトはさえぎるように言った。

「いまのエストは、本来の〈魔王殺しの聖剣（デモン・スレイヤー）〉の十分の一くらいの力しかないんだろ？」

「はい、カミト」

カミトの腕の中で、エストはこくっと頷（うなず）く。

「だったら、蓄積する呪いも十分の一くらいってことだ。それくらいだったら、少なくとも、この精霊剣舞祭が終わるまでに俺が石になっちまうことはないだろ」

カミトはそっとエストの髪を撫でた。

「俺が精霊剣舞祭に参加した理由は、精霊王の〈願い〉を賜るためじゃない。けど、いま叶えたい〈願い〉が見つかった」

それは、エストを呪いから解き放って、本物の聖剣にすることだ。

「だから俺と一緒に戦ってくれ、エスト」

「はい、カミト。私はあなたの剣――あなたの望むままに」

あくまで無表情に、しかし力強く頷くエスト。

と、そのときだ。

テントの入り口が開いて――

「なっ⁉」「は、破廉恥ですわ……！」「カミト君ってば、大胆……」

エリス、リンスレット、フィアナの三人が口をぽかんと開けた。

そして――

「あ、あんた、ななな、なにしてるのよっ！」

ゴゴゴゴゴゴゴゴ……！

クレアが炎の鞭を手に近付いてくる。

「ま、まて、クレア、これはだな……」

カミトがあわてて言い訳しようとするが――

クレアの前に、全裸ニーソのエストがすっと立ちはだかった。

「な、なによ……」

その迫力に、クレアは一瞬たじろぐ。

「カミトは私の契約者(マスター)です」

「……だ、だからって、一緒に寝るのは問題よ！」

「クレアだってスカーレットと一緒に寝ています」

「あ、あの子は猫だからいいのよ！」

「私も猫です」

「え？」

「私はカミトの剣。カミトの子猫。カミトのおもちゃ……だから問題ないです」

そう言って、エストはむぎゅーっとカミトを抱きしめた。

「ふああっ……お、おもちゃってなによ……ど、どういうことっ！」

クレアは顔を赤らめ、涙目になって叫ぶ。

「カミトは、私のすべてを受け入れると言ってくれました」

「なっ、なによそれ……カ、カミトはあたしの奴隷なんだからっ！」

う～っと悔しがるクレアの肩を、フィアナが背後からぽんと叩く。

「クレア、今日だけはカミト君をエストに貸してあげましょ。今日だけは、ね」

「カミトさん、やっぱり小さい子のほうが好きなんですのね！」

「幼女にまで手を出すとは、そ、そこになおれ！　ナポリタンにしてやる！」

冷たい目でカミトを睨むリンスレットと、剣を抜き放つエリス。

「大丈夫です、カミト。私があなたを守ります」

「もう剣舞は勘弁してくれ……」

――〈精霊剣舞祭〉一日目の夜は更けてゆく。

――END

# あとがき

――カミト、私はあなたの剣。あなたの望むままに。

というわけで、約三ヶ月のご無沙汰でした。志瑞祐です。

エレメンタル・ファンタジー『精霊使いの剣舞』第五弾をお届けいたします！

〈教導院〉の刺客ミュアとの激闘から一夜明け、エストを失ったカミトは失意に沈んでいた。そんなカミトを（※えっちなコスプレで）元気づけようとするお嬢様たち。エストのいないまま幕を開ける〈精霊剣舞祭〉本戦。暗躍するレン・アッシュベル。覚醒する竜騎士レオノーラ。そして明らかになる伝説の〈魔王殺しの聖剣〉の真相とは……！

剣精霊エストの過去に触れる第五弾、バトルもラブコメも満載でお送りいたします！

告知です。ＭＦ文庫Ｊの超人気タイトル『僕は友達が少ない』の公式ノベルアンソロジー『僕は友達が少ない・ゆにばーす』に短編を一本書かせていただきました（精霊５巻と同時発売です）。さがら総先生、裕時悠示先生、渡航先生（五十音順）といった豪華執筆陣に加え、なんと原作者の平坂読先生も執筆されるということで、テンション上がりまくりですね。『はがない』ファンの方も、執筆陣の先生のファンの方もぜひぜひお手にとってみてください。桜はんぺん先生の超絶可愛いイラストも掲載されていますよ。

今回も素晴らしすぎる表紙と挿絵を描いてくださった桜はんぺん先生。どうもありがとうございました。切ないエストの表情がぐっときますよね。……半裸万歳！

ＭＦＪのハイパーメディアプロデューサーこと庄司様には今回も大変ご迷惑をおかけしました＆お世話になりました。

そして最大の感謝はシリーズを応援してくださっている読者の皆様に！

先日、サイン会を開催させていただいたのですが、『精霊』を読んでくださっている方と直接お話しできてとても嬉しかったです。

モバイルアンケートのご感想にはいつもとても励まされています。ちなみに、四巻の人気アンケートではニーソ精霊のエストが堂々一位に返り咲き。また、前回六位だったリンスレットお嬢様が一気に二位まで上がってきました。エス党とリンスレッ党の二大政党時代きたる……か!?

「ふっ、もうリンなんとかさんとは呼ばせませんわっ！」（※リンスレットさん談）

――そんなわけで、次回は第六弾。『最強の剣舞姫（仮）』でお会いしましょう！

二〇一一年　一〇月　志瑞祐

# あとがき

■初めまして、またはお久しぶりです桜はんぺんです！
とうとうエストさんが表紙！
なんとなく、満を持してという感じがします！
エストちゃんよかった…戻ってきてよかった(´；ω；｀)
5巻の原稿頂いてからドキドキしながら読んでました！
アレイシアさんが辛くて美しくて大好きです。

どんどん気になる展開になってきて次巻が楽しみです…！

というかカミトくんは本当にモテモテすぎてあれですね。
爆ぜて欲しいですね！くそっ！

朝起きたら私の隣にも裸ニーソ美少女が寝ていればいいのに。
早く2次元に入る方法を開発して下さい。

それではそろそろこのへんで！
次巻の表紙は意外な人かもしれません！

あと、志瑞先生はいつメイド服でうちに来てくれるんですか？

庄司さんの目が光っているのでここでおいとまします。
また次巻でお会いしましょう～(´ω｀)ﾉｼ

2011 xxxx
桜はんぺん

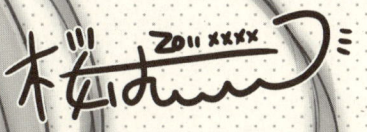

お世話になりました!!
志瑞先生、庄司さん
ミニキャラ：うめだ夏乃ちゃん
イチリさん トルトルさん
ありがとうございます！
おとなしめ
スカーレットさん。

# 魔王殺しの聖剣


| | |
|---|---|
| 発行 | 2011年11月30日 初版第一刷発行<br>2014年 6 月16日 第十一刷発行 |
| 著者 | 志瑞祐 |
| 発行者 | 三坂泰二 |
| 編集長 | 万木壮 |
| 発行所 | 株式会社 KADOKAWA<br>〒102-8177 東京都千代田区富士見 2-13-3<br>03-3238-8521（営業） |
| 編集 | メディアファクトリー<br>0570-002-001（カスタマーサポートセンター）<br>年末年始を除く 平日10:00～18:00 まで |
| 印刷・製本 | 株式会社廣済堂 |



Printed in Japan ISBN 978-4-04-066681-5 C0193
http://www.kadokawa.co.jp/



【ファンレター、作品のご感想をお待ちしています】
〒150-0002 東京都渋谷区渋谷3-3-5 NBF渋谷イースト
株式会社KADOKAWA MF文庫J編集部気付「志瑞祐先生」係 「桜はんぺん先生」係

二次元コードまたはURLより本書に関するアンケートにご協力ください。

http://mfe.jp/swt/

- ●スマートフォンにも対応しております（一部対応していない機種もございます）。
- ●お答えいただいた方全員に、この書籍で使用している画像の無料待ち受けをプレゼント!
- ●サイトにアクセスする際や、登録・メール送信時にかかる通信費はご負担ください。
- ●中学生以下の方は、保護者の方の了承を得てから回答してください。